漫娱图书

JZFX

此处禁止飞行

DO NOT ENTER HERE

001

禁梦监察队/主编

NO FLY

NO FLY

此处禁止飞行

禁梦监察队 · 西欢

梦的寄语

梦想这个词说起来也许有些老掉牙，但此时此刻，我依然想谈谈它。

印象中梦想似乎一直都与少年、纯粹、初心这样的词语绑定，仿佛它是有保质期的，过了年限，也就不配说梦了。然而这世上，有幸运者很早就知道自己想要什么，也有执着者究其一生在探寻，更有碌碌者根本不在意所谓的梦。我姑且算是比较幸运的那批人，我知道我想要的，我也正在这么做，我想为少年编织梦境。

成长过程中的条条框框、大人们认为正确的可以做的事、有前途的必须要走的道路……我们似乎一直都在面临这样的困境，并被告诫："别想啦""别做梦啦""认清现实吧"。可是为什么呢？因为年龄小、认知不足，所以想法就必然是天真的、不切实际的吗？但谁没有幻想过什么呢？

我们一定要做成什么，才有资格做梦吗？

不，不是这样的，我们每个人，都有做梦的权利。

禁梦守则书系就是这样的一套书，我们被规定了生活的准则，但梦想没有，我们永远在突破，在追求自由。对，就是自由，这也是禁梦守则第一卷的主题。在我的构想里，禁梦守则第一卷一共会有七本书。细心的读者会发现书脊上硕大的字母，那是我们留给每个追梦者的小彩蛋。

我也希望禁梦守则系列能成为这样的一套书，它能陪读者走过一段时光，经年之后，时光越过书脊，可以映出当年的日子——那是炎炎夏日里趴在书桌上看幻想故事的午后闲暇，是桂花飘香时和同学一起在放学路上畅聊的少年快意，是无数普通平淡日常里闪着光的逐梦点滴。

禁梦守则，献给所有少年的梦之书，希望我们永怀热忱，永怀热血，永远热泪盈眶。

WARNING: THE BAN ON DREAM

禁梦都市

THE BAN ON DREAM DANGEROUS

意识蒙眬间，你听到了一阵没有丝毫情感波动的机械女声，跟着手腕处传来冰冷的触感，你猛地惊醒，眼前却是一片黑。

你想要回忆些什么，却发现思维有些迟滞。

你坐在黑暗中，听着辘辘车轮行驶的声音，意识到你是被关在一个类似于笼子的运输车中，在被送往什么地方。

禁梦都市……

机械女声好像提过这个名字……

你想起来了！

——**你是第四类人**

一开始是全球下了一场持续一周的大雨，后来一头龙出现在现代都市的上空，再后来有天火坠世，苍穹出现裂缝，恶魔自裂缝降临……

一切都源于那个人的梦。

那一日，那个自称为【天启】的男人侵入网络，在全球范围同步发出通告，无数人见证他的宣言——伟大的追梦时代开启了，人类的梦想是不会终结的！

自此，人们发现，他们的梦，甚至任何不切实际的幻想，都会变成现实，世界因此陷入了混乱。

在度过了无序而疯狂的三年后，七十二座禁梦都市建成，新的秩序诞生，人类社会进入了微妙的平和期——**禁梦时代。**

THE BAN ON DREAM
你现在要去的，就是维持着世界秩序的地方，**禁梦都市。**
是哪一座呢？
每一座禁梦都市，都有一条禁令，可是在你稀薄的记忆里，你似乎
并没有触犯任何一条已有的禁令，你愈发确定，你是**第四类人。**

禁梦都市只收三类人：

01 TYPE ONE	想要剥离“做梦”能力的人，即【贩梦者】。这类人要在禁梦都市生存满一年，最终可以获得他们想要的物质奖励，自禁梦时代开启，无数人因此获得了财富、名誉、地位……
02 TYPE TWO	曾因梦境造物对世界造成重大危害的人，即【罪梦者】。
03 TYPE THREE	经【意识测量】判定的可能会造成重大危害的人，即【潜罪者】。

所谓的【禁】，则是可以时刻进行【意识测量】的监视工具，只能在拥有全城特殊信号覆盖的禁梦都市使用，以监测所有人的 SAN 值。它是一串手环，是扼住每位禁梦居民命脉的鹰爪。

THE BAN ON DREAM

但你从来都没做过梦，
自出生到现在，所有的公民定期检查里，
你的 SAN 值都处于绝对安全的数值范围内。
你没有任何理由被送进禁梦都市，
除非，
你将成为
[审判者]

THE BAN ON DREAM

你是禁梦都市允许进入的**第四类人**，绝对理智的守序者。

你不用被纠正、惩罚、监禁，你需要通过一系列心理测试，一旦通过，你将成为**【审判者】**，拥有审判的权利。

代号X-009

代号X-009，你已进入禁梦都市监测范围，接下来系统将为你播报审判者考核步骤，请仔细聆听。

审判者考核步骤：

STEP ONE 禁梦都市将提供**十起**罪梦案例；

STEP TWO 请仔细审核罪梦内容；

STEP THREE 每起案例后将有一道心理测试题，采取计分模式；

STEP FOUR 心理测试得分达标者即可通过考核。

警告：你的一切意识都在【禁】的监测之下，不要试图越界，破禁者后果自负。

考核即将开始，

你准备好了吗？

月

录

此处
DO NOT
ENTER
禁止
飞行
第一道禁令

NO FLY
禁止飞行
审判裁定：
剥夺幻想能力，列入禁梦终身观察对象。
潜罪者
罪行：曾靠梦境预知多次未来轨迹，最后一次窥探了不该触碰的东西……
危险程度：S
ID：F-001

潜罪者 北邙

知乎人气作家，最擅长脑洞怪谈，自称世界第一勤奋写手，号称永不拖更，已出版作品《病岛》。

1

“阿克斯？”

我捧着花，右手的保温盒里装着刚炖好的滚烫鸡汤，从头到脚西装革履，却掩盖不住满脸疲惫和浓浓的黑眼圈，如果这时候能照照镜子的话，大概连我自己都会嘲笑镜子里那鸡窝一样的头发和没来得及刮的满脸胡茬。

过道上的人们对此见怪不怪，每天 24 小时，产房外头总少不了像我这样紧张兮兮的年轻男人。

第一次要当爸爸，没有经验，大家总会体谅。

他们的目光并没有聚焦在我的身上，反而一直盯着站在我对面把我拦住的那些人。

黑衣，沉重的机械装甲，手里拿着我看不懂但一定很厉害的激光武器。

我很迷惑。

以至于当他们第二遍喊出我的名字的时候，我才反应过来。

永远只会在电视上看到的、教会内卫的审判军，为什么会出现在医院的产房门口，挡在我迎接刚刚诞生的孩子和疲惫昏睡的妻子的路上?

“是我。”我咽了口唾沫，小心翼翼地回答。

站在最前头那位最魁梧的审判军长官，似乎掏出了什么东西，和我比对了片刻。

我越发不安起来。

哪怕明明自己什么事都没做，可面对教会的这些审判者，比酒驾时被交警当街拦下更让我觉得恐慌。

“你的妻子，没有生产。”

他的声音像是机械一样，从很遥远的地方传来，我甚至没有意识到，不知道什么时候开始，走廊上连一个人影都看不见了。

只有他，和他背后交错的晦暗光影。

“什么意思？”我很艰难地吐出一个问题。

“你没有孩子，你的妻子没有生育。”

我的脑海里一片空白，无法理解他的话。

今天明明是我妻子的预产期，我提前一个月就早早做好了准备。

“这是，神的旨意。”他意味深长。

我摇摇头，无法理解，也无法接受。

他似乎皱起了眉头，打开通讯器，不知道和什么人通了几句话，我只能隐约听到“意识顽强”“果然有问题”“实验品”之类的字眼。

挂掉通讯器，他的眉头舒展开来。

“算了……”他嘟囔了半句，“阿克斯，你其实也从未有过妻子。”

我：“什么？”

茉莉还躺在产房里，这位军爷，你到底是想要钱还是要命，跟我交代清楚行不行，别在这拦着我讲这些虚头巴脑的东西，我很赶时间的。

他的眼神变得更加意味深长了起来，看着我，重重地补了后半句：“……这也是，神的旨意。”

我不理解。

他没有再多说什么，似乎随着这句话说完，周围本来凝聚如泥沼的空气，顿时轻松了起来，走廊上重新恢复了喧闹的人声，来来往往的人们看着我和审判军对峙，眼神里流露出好奇的神色。

对峙没有再继续下去，他们转身离开，像是根本不认识我这个人一样。

莫名其妙。

我没有时间再去多想这出插曲，提着鲜花和鸡汤，匆匆忙忙地冲到了产房门口。

“茉莉，茉莉！”我小声喊着，生怕惊扰了她的休息。

可产房里，空空荡荡，什么都没有。

怎么会，两个小时前，是我亲手把她送进了里头。

我连忙拦下一旁的护士。

“那个，请问，刚刚在里面的茉莉小姐，她人呢？”

“茉莉？”

“对，刚生产完的那位孕妇，我妻子，就是我给送过来的。”

她抬头看着我，然后翻了翻手里的文件，又抬头看了看我。

“先生，我的工作很忙，请不要拿我开玩笑好吗？今天到现在，2 号产房还没有接收过一位孕妇——一位都没有。”

我呆住了。

“那，那可能是我记错了？1 号产房呢，还有 3 号、4 号，您能都帮我查一下吗？我妻子生产，我可能实在有点担心过头了。”

护士小姐露出体谅的神情，叹了口气，一边抱怨着“你们这些男人可真够粗心大意的”，一边帮我查起了今天入住的产妇记录。

可半分钟后，她神情古怪地摇了摇头。

“对不起，没有任何一位叫作茉莉的女士今天来我们医院生产。”她像是看着一个神经病一样地看着我，然后匆匆走掉了。

我站在原地，半晌才回过神来。

第一件事就是掏出通讯器，给里达打了个电话。

“喂，胖子……你知道茉莉去哪儿了吗？我今天带她来剖宫产，可，可她现在消失不见了……”

“……”

“喂，胖子，能听得到吗？”

“……能。可是，茉莉是谁？”

2

在生下孩子的这个晚上，我的妻子，失踪了。

听起来像是一个荒诞的笑话，可它实实在在地发生在了我的身上。

在讲述这个故事之前，请容许我重新自我介绍一下。

我叫阿克斯，是一个普普通通的上班族。

在过去的二十多年里，我的人生实在乏善可陈，孤儿院长大，平平凡凡的成绩，考进新城区的一所普通大学，毕业后申请 offer 失败，也没能通过教会或者执行者的公务资格考试，唯一运气不错的是靠着还算过硬的神文架构理论推导知识，进了一家软件公司，成了一名年少秃顶的程序员。

妻子茉莉是我孤儿院里的青梅竹马，感情平平淡淡，说不上多么海枯石烂，可十几年下来，曲折波澜的故事你如果想听，我可以坐下来跟你唠个三天三夜。

一年半前我们结了婚，她回到孤儿院里继续当老师，算是实现了她从小的人生梦想。我的工作虽然忙碌了些，养家糊口却还绰绰有余。我一直认为，我们会像这座城市里无数平凡的家庭一样，生活，育儿，岁月漫长，牵着手一起老去。

——直到两个月前，桥洞里发生的那件事为止。

3

饭后散步，是我在茉莉的逼迫下，最后让步答应的健康作息习惯。

做我们这行，身体往往与健康断绝关系，这几乎已经是社会公认的常识。

在这个什么都是等价交换的世界里，牺牲健康，获取过量的财富，我觉得非常公平。除了偶尔夜深人静，躺在床上因为剧烈的头疼而失眠的时候，我会忍不住去想，这样的交换究竟值不值得。

新城区北，奥曼德山庄 11 栋 303，一间八十平方米、欧式装修风格的房子，是我们俩掏空了所有积蓄，甚至透支了未来十年人生，才换来的温暖小家。

交付的时候我很心疼，却不后悔。

孤儿院出身的我们，如果不选择扎根新城区的话，就要回到“流罪者”的黑暗领域里，一辈子和那些牛鬼蛇神为伍，我不甘心，亦不舍得。

至于更高层的“地核”领域，在考试失败的那一天起，我就彻底断送了这个念头，不再妄想。

我听一些老人说，无翼城刚刚创建的时候，是没有新城区的。

只有中心的“地核”，和外层的“罪域”。

身为管理者的“地核人”和因罪谴过的“流罪者”，黑白分明，生活在城市的两极。

不知道为什么，这个古老的传言让我觉得，自己其实不是生活在一座城市，而是在一座囚笼中。

后来，过了几十年，新城区才终于被开辟出来。

像是过渡于“黑”和“白”之间的那层淡漠的“灰”。

我很喜欢这道灰色的风景。

每天的饭后散步，从小区楼下作为起点，往南过两个十字路口，就到了新城区著名的“雨之河”，这条河像是新城区的护城河一样，蜿蜒经过城市中心，其中最繁华的一段早已经被开辟为城市风景的核心，周边的房价高得吓人，而我们所处的地方，不过是它一条支流的尾巴罢了。

支流归支流，风景仍然很好，河边夜晚的空气也总是很清新，顺着柳树荫下走没多久，抬起头，就能看到远处地核区里璀璨绽放的霓虹灯火，以及作为教会标志性建筑的那座通天古塔。

上学的时候，老师曾经说过，有教会的地方，一定会建造一座特殊的建筑，用来供奉给神灵的祭礼，无翼城的分部信仰的是三大古神之一，代表“宇宙”的“奈特曼的燃烧之颅”，所以建造出来的是一座通天塔。

老师骄傲地告诉我们，别的城市里，宗教建筑都必须保持传统风格，然而无翼城的经济繁荣，思想开明，所以通天古塔上装了现代艺术的 LED 光和展览电梯，已经从单纯的宗教建筑变成了独树一格的名胜景点。

我觉得他说得对，可茉莉并不喜欢，她说，她总觉得隐藏在这些灯光、欢乐和游人背后的宗教意味，更加令她不安并窒息。她总是这么敏感。

我们在沿着雨之河的支流散步四十分钟后，会右拐入城区，找一家清吧听听音乐，坐着歇一会儿，或者按照我的喜好，去老书店里淘淘宝物，然后赶在九点之前回家，还能联机打两盘游戏睡觉。

然而那一天，就在我们准备离开河边的时候，茉莉忽然停下了脚步。

“桥洞里，好像有什么动静。”

她的语气里带着迟疑。

我了解她的性格，直率、热情、天真，又执拗。

桥洞下是一个垃圾中转站，隔着十几米都能隐隐闻到令人作呕的味道，许多流浪汉喜欢聚集在这儿，把这里当作一个免费的收容所，所以人们习惯把这里称作“垃圾窝”——一个一举两得的称呼。

除了茉莉，大概鲜有人关心这些“垃圾”的死活。

“大概是流浪汉打架吧。”我不以为然，只想劝她别多管闲事，给自己找麻烦。

“不是，我看到有老人倒在那儿。”她一边说着，一边走近了两步。

桥洞里忽然亮起了一道火光，转瞬即逝，借着火光，我们看见里面竟然真的躺着一个白发苍苍的老头，四周还倒着不少流浪汉模样的人，四仰八叉，没有一个有动静，简直像极了一个大型凶案事发现场。

茉莉叫了一声，就要走过去，我却看了一眼她已经六个多月颤巍巍的大肚子，连忙一把拉住她。

“我去。你在这儿不要动。”我叹了口气，认识十多年，用自己的安全为她那强烈到过剩的责任感买单，我早已经驾轻就熟。

无奈，却幸福。

而且我也并不是那种百无一用的文弱书生，见惯了各种场面的我，随身的裤兜里装着辣椒水，手机也早已经调成了自动警铃，实践证明，比起什么武器，这两样东西才是最好用的。前者迷人双眼，窒息口鼻，中者立倒；后者在黑暗之中乍然响起，什么亡命之徒都要被吓一跳，给我脱身之机。

手机调出手电筒功能，勉强照亮前头的一片黑暗，腥臭混合着腐烂的味道扑鼻而来，我皱起眉头，看着眼前倒下的老人。

满头白发，侧脸刀砍斧斫一般，眼窝深邃，不像是本地人的模样。身上穿一件绿色的老式军装，已经满是脏污，领口却仍然笔挺。

不需要太多思考就足以判断，这个老人一定不是住在桥洞里的流浪汉。

是被袭击后绑来这里的？还是走到这里忽然发病倒下？

我不得而知，也无意深究。

四下看看，流浪汉们都昏迷了过去，不知道是怎么回事。

我正要退出桥洞，跟茉莉报告情况，老人的手指却忽然动了动。

“水。”

老人声音嘶哑，低得几乎听不到。

我犹豫了一下，还是走上前去，把我散步时随身带着的保温杯送了上去。

茉莉的声音从远处传来："怎么样了，要报警吗？"

我还没回答，老人却摇了摇头，他喝了我半杯水，精神显得好了一些，对我说："谢谢你救了我。"

我张了张嘴，想说我根本不想进来，真正救你的是外头大喊的那位，可我还是把这句话咽了下去，点了点头："您的身体怎么样了，需要我们送您回去吗？"

"回去？"他笑了笑，"回不去了。"

短短的六个字，我听出了他一定是一个有故事的人。可我最讨厌的就是听故事。

很久之前我就学会了一件事，不要平白无故去听跟你自己没关系的故事，因为好奇心的代价，往往比你想象中的要大得多。

我正要转身离开，声音却从我身后响起："怎么回不去了？您的孩子抛弃您了吗？"

声音不算洪亮，却带着满满的义愤填膺，不用回头都知道，茉莉还是走了过来。

跟我的处世之道恰恰相反，她的人生里最大的兴趣爱好，就是……听故事。

正要扶额叹气，老人却出乎意料地摇了摇头："不是你们应该知道的事情，听多了只会连累你们。"

说着，他站起身来，目光炯炯有神，看着我们："我在这里不能待太久，你们救了我，我可以为你们做一件事情，你们有什么心愿吗？”

心愿？

我满脑子顿时冒出无数张金光灿灿的钞票。

仿佛读懂了我的大脑一样，老人一翻手，也不知道从哪儿拎出一个皮箱子，问："半杯水，三百万，够了吗？”

我大惊失色，连连摇头，这种事想想就行了，真的干的话，一定会遭天谴的。

转头看向茉莉，她显然和我有一样的念头，笑了笑，然后摸了摸自己凸出的肚子，说："一点小事，算不上什么的。如果一定要说的话，那希望您可以给我们未出生的孩子一个祝福，我们并没有什么别的心愿。"

老人掏出钱的时候，神色仍然风轻云淡，可听到"祝福"两个字，表情忽然变得古怪了起来。

沉默半晌，他忽然清了清嗓子，沉声问道："你们想要什么样的祝福？”

年年遇怪事，今年特别多，看这个老头的神情，让他说句吉利话，倒真的跟请神明赐福一样。我不太乐意让茉莉多跟这个怪人打交道，于是随口敷衍："就祝福平安健康吧。"

茉莉却忽然开口："如果可能的话，我希望他能够有机会离开无翼城，出去看看。"

我不禁愕然，转头看向茉莉，她神色从容。

我从来不知道，这么多年的枕边人，竟然有这么大的一个梦想。

无翼城地处荒僻，四面都是杳无人烟的大漠，和外界联系全靠网络，全城人自给自足，一辈子有机会离开这座城市的人，除了地核里的那些贵族之外，寥寥无几。

茉莉说这话的语气却格外自然："咱们从小在孤儿院长大，这辈子是没机会了，可是努努力，说不定能让孩子出去走走。外头的世界一定很大。"

不得不说，茉莉靠在我的肩头，低声喃喃的样子，充满了母性的光辉，单凭这句话，我都愿意再燃烧十年的生命，给未来的这个臭小子或者小公主攒一份背井离乡冲往广阔天地的本钱。

老人似乎也有些惊愕，过了片刻，忽然摇摇头，笑了起来。

"这份祝福很重，你们确定，这个孩子担得起吗？"

老头神神道道的样子让我忍不住翻了个白眼，茉莉却很认真地点了点头，说："是的。"

老头也没再说什么，只是伸出手，似乎要摸摸茉莉的肚子。我很警惕地立刻拨开了他的爪子，挡在了茉莉的身前。

他很好脾气地又笑了笑。

然后忽然伸出右手的指甲，在左手食指上一划。

指甲看似不起眼，却在皮肤上划过了一道整整齐齐的堪比手术刀般的锋利切口，皮肉缓缓卷起，一滴深红色的血液渗了出来。

沸腾如岩浆。

他的血液竟然是滚灼着的。

我心里一沉，觉得事情不妙，刚要出声，老头却缓缓问道："你们知道，想要离开无翼城，唯一的方式，是什么吗？"

我摇摇头，茉莉亦然。

在我们看来，似乎赚够了钱，就自然能找到出去的门路，一切都是这么顺理成章。

老头笑了。

他说，飞。

唯有飞出无翼城，才能够真正离开这座囚笼。

可无翼城的第一条法则，就是禁止飞行。

说着，他屈指一弹，那滴岩浆一样的血液带着滚滚灼烫的气息，滴在了茉莉的肚子上，我本能地伸手想拦，可那血液刚刚碰到我的肌肤，就烫得我浑身一颤，将手缩了回去。然而奇妙的是，血液落在茉莉身上，却浑然无事，像是穿过了衣物似的，转瞬就渗了进去，消失不见。

我和茉莉面面相觑。

再抬头的时候，发现老人也已经消失不见了。

4

之后的月余时间里，我和茉莉都默契地闭口不谈那件事。

老人的古怪超出了我们的想象，与其说是神明赐福，我们更担心另一个可能……我们不愿意去想它，但是保险起见，茉莉还是坚持挺着大肚子去了古神教会一趟，斥重金请了神父为孩子重做了一场赐福典礼。

赐不赐福不重要，消灾免难才是真的。

幸而从那之后，倒是平安顺遂，什么怪事都没有发生过，我和茉莉也稍稍安心了几分。

直到预产期的这一天——

5

从医院失魂落魄地离开之后，我第一时间冲去了里达的家里。

他是我从小到大最好的玩伴，也是我和茉莉形影不离的三人组之一。现在在新城区中心赚了点钱，开了一家小小的音响铺，生意挺好，偶尔运气来了，还能发笔小财。

他没有买房，平时就住在铺子的二楼。

凌晨一点，我直接踹开了他铺子的大门。

里达睡眼惺忪，身上甚至还穿着宽松的丝绸睡衣，我知道他不是睡觉，而是一定又在通宵打什么见鬼的新游戏。

“茉莉，茉莉失踪了。”我看着他的眼睛，一字一句。

他眼神里的愕然完全发乎真诚。

“茉莉是谁？”

我深深地长吸了一口气。

某种不祥的预感将我彻底笼罩，我站起身，把整个铺子的门窗全都关好，然后，无比郑重地问他：“小学四年级，你被孤儿院老师关禁闭那次，饿了一天没吃饭，是谁从狗洞里钻进去，给你送了两个馒头、一包榨菜？”

“你啊。”里达回答得毫不犹豫。

“我那时候在外头参加竞赛，没回来。而且我的体型，压根就钻不进狗洞。”我的声音比我想象的更加冷静。

他的眼神顿时迷茫了起来，嘀咕道："难道我记错了，是泰汐？还是薇薇儿？"

"清醒一点，胖子，你从小就不受女生欢迎。她们肯钻狗洞给你送馒头，还不如指望那个恶魔一样的宿舍长带你去游乐园跟你说随便玩他买单。"

"有道理。"胖子点点头，但显然并不以为意，"可都这么多年过去了，管她是谁呢？"

胖子的神经大条得异乎常人，我知道普通的逻辑方式对他没有任何用处，但所幸，我有的是办法对付这个体格硕大脑子里却只装得下游戏和漫画的死肥宅。

"如果——"我拖长了声音，"我是说如果，胖子，我跟你做一个假设，假如我们从小到大都认识一个朋友，可是因为某些原因，关于这位朋友的记忆，全部都被从你的脑海里剥除了，你该怎么办？"

这个设定果然让他两眼冒光，一看就是戳中了他二次元的萌点。他盘腿坐在沙发上，一边随手打开一瓶可乐，一边问："那现实呢？被删除的只有记忆吗，有没有合照、影像、社交账号之类的——她存在的任何证据？"

我摇摇头，我在来的路上就找过了，可我发现，关于茉莉存在的所有痕迹，全都仿佛一夜之间消失得干干净净。

胖子深深皱起了眉头，显得比我更加苦恼："那……那这件事是谁做的？是谁能有这个能力把一个人的存在彻底抹除？"

我深吸了一口气。

然后拉开窗帘。

远处，深夜的通天塔仍然璀璨，仿佛披满了星辰落下的尘埃。

胖子顺着我的手指看去，顿时也沉默了。

过了一会儿，他才问："阿克斯，你没有在开玩笑，对吧。"

我沉默地点了点头。

他有些焦躁地站起身来，在狭小的二楼卧室里绕着圈圈："你是说，你的妻子，我从小到大最好的朋友，被他们抹去了痕迹，一点都没有剩下？"

重复了几遍，他忽然转过头问我："可是，为什么你记得？"

我摇摇头，我不知道，也从来没有想过这个问题。对于我而言，记得茉莉，是一件再平凡不过、天经地义的事情。

"一定是有什么原因，导致你还记得。如果没有抹除你的记忆，那么……那么他们所做的抹除，将没有任何记忆，也就是说，他们一定不知道你还保存着这份记忆。"

"为什么？"

我脱口而出。

"我也想问你为什么，你最近遇到了什么，或者身边发生过什么吗？他们为什么要消除那个……嗯，茉莉的存在？"

胖子的声音越来越快。

我犹豫了一下，还是把遇见那个老头的事情告诉了他。

但是我隐瞒了那滴血的事情，只说老头给了孩子祝福，然后消失不见了。

"老头？长什么样子？"

我简单描述了一下记忆里那个老头的长相，说到穿着的时候，胖子原本转累了，坐在床上休息的庞大身躯，忽然像是屁股被刺着了一下，一跃而起。

“实验品？你遇到了实验品？无翼城真的有实验品？”

“什么实验品？”

我有些摸不着头脑。

“实验品是……这些人的自称，你学过关于他们的知识的，只是不知道他们换了这个名字而已。”

“什么？”

“渎神者。”不知道为什么，胖子的语气居然带着一点点庄重森严，“八十多年前，第四代政府制造的那批，被赐名渎神者的人造人军团。”

6

渎神者。

是的，胖子说得没错，我知道这个名字。

大学期间，出于个人兴趣，我和胖子一起辅修了一门“大陆历史学”，里面的内容大多乏善可陈，只有铺天盖地的数据和体制的变迁，往往读不到三页，就让人眼冒金星，昏昏欲睡。

然而沙里淘金，隐藏在无数史料背后的，仍然有许多被我们在只言片语中还原出来的隐藏的真相碎片。

比如初代政府首脑间错综复杂的艳情史。

比如第三代中央政府扩展的十七个异族友好联盟中，其实真实数字是十九个甚至更多，光被我们发现的不公之于世的隐藏黑暗种族，就有沙蝎和听木虫两种。

再比如……第四代中央政府执掌期间，曾经秘密组建了一股不为人知的军团力量，史称“渎神者”。

建立的目的，是政府对于神权的挑战。

大陆古老相传的三位原初古神：

代表“宇宙”的“奈特曼的燃烧之颅”；

代表“岁月”的“艾克孜的杀戮之书”；

以及代表“诞生”的“陈的腐化之刃”。

“渎神者”的目的，就是解开神话的真相，破除古神教会对世俗的统治。

然而这场战役，却彻底失败了。

结果被紧密封锁起来，没有人知道最后发生了什么事，这些渎神者们又去了哪里。

只知道从那之后，一个又一个新的城市，比如无翼城，在大陆的各个角落被建立了起来。

而每一个这样的城市里，教会的地位永恒高于政府。

神权至上。

7

胖子打开电脑，屏幕转向我。

“最近，流罪者的那群疯子口耳相传，说有渎神者闯入了无翼城，即将解放他们。没想到居然是真的。”

我不明白。

“可是，为什么你刚刚说，那个词是……实验品？”

“对，实验品是活下来的渎神者们的自称。他们没有名字，只有编号，据说当年的那件事之后，活下来的渎神者百不存一，然而一个个都获得了超越凡人的极强的力量。他们不再自称渎神者，而是自称为‘实验品’，目前在地下的国际通缉排行榜上，排名第一的家伙，就是‘实验品 9 号’，据说抓住他的封赏，能让一个流罪者直接翻身，成为地核贵族中的高层。”

我不由沉默下来。

我实在无法把那晚的老人和所谓的渎神者或是实验品联系起来。

可他身上流出的那滴血液……

我闭上眼睛，忍不住在想，我的记忆仍然得到保留，是不是和那滴鲜血也有着密切的联系。

“那你知道，要怎么找到他吗？”我问。

胖子摇了摇头。

“如果不是你说，我甚至无法确定他究竟是不是真的来了无翼城。”

也是。

我的希望刚刚燃起，又再一次被浇灭了。

胖子却忽然话锋一转：“可是既然他在的话，那么也许，你可以去一个地方碰碰运气。”

“什么地方？”

“罪域。”

8

胖子执意想要送我，我却把他留在了店里。

地核，新城区，外域，三个区域互相被巨大的城墙阻拦，并不相通。

想要从三个区域之间流通，除了官方的手续之外，只能偷渡。

从低到高偷渡，价值连城，从高到低，则轻松不少。

前往外域的价格，是三万块一个人。

我毫不犹豫地从卡里提出了所有的现金，装在包里，然后简单带了几件衣物，准备轻装上阵。

我有一种预感，只有找到那个老头，我才能弄明白事情的真相，才能找到我的妻子和我的孩子。

偷渡的途径毫无例外，是顺着地下腐臭的下水管道行进。

今晚除了我之外，没有别的客人上门，蛇头脸色有些臭，一路上阴阳怪气，说他对我是贵宾一对一服务，应该加钱才对。

我装作没有听到的样子。

不到四十分钟，从一个偏僻古老的小巷铁门中出来，我生平第一次，来到了外域，也就是所谓的罪域。

如同传说中的那样，最初的无翼城，只有地核和罪域，管理者和被管理者，贵族和罪犯。整个城市仿佛一间巨大的囚笼。

和想象中的不一样，眼前出现的罪域景象，虽然泥泞荒乱，可空气中弥漫着一股不难察觉的紧张气氛。

街头巷尾，成列的士兵正在巡视。

蛇头把烟头扔到地上，狠狠地骂了一句脏话，然后拉着我就要回去。

我挣开他的手，往街头走去。

他在后头破口大骂，又怕被抓住，匆忙骂了两句，让我被抓住了不要连累他，然后钻进铁门里跑了。

我站在十字路口，不知道为什么，有一种熟悉而陌生的亲切感。

我在新城区出生，孤儿院长大，从小到大，没有踏离过半步，然而第一次踏上外域的土地，我的血脉中仿佛有另一个沉睡了很多年的声音，在冥冥之中告诉我，是的，你属于这里。

不远处，有一组士兵仿佛觉察到了我一样，冲我走了过来。

忽然，边上一个小酒馆的门打开了一条缝，半张脸从里头露了出来："你怎么来得这么晚？就剩你了。"

我眨了眨眼，然后伸出手挠挠后脑勺："在家里睡过头了，没注意时间。"

门缝打开，一只手从里头伸了出来，一把将我拽了进去。

身后，门砰然关上。

"你是谁？"我躲开士兵的巡查，却没有放松半点警惕，而是盯着眼前这位穿着手工缝剪的彩裙、胸口和大腿露出大块健康的小麦色皮肤的风情少妇，双手紧紧抓住装满了钱的背包带。

"放松。"少妇吸了一口烟，隔着半米左右的距离，轻轻吐在我的脸上，“外乡人，你从哪儿来？新城区，还是地核？”

“……新城区。”我老老实实地说。

跟这些外域的老油混子们打交道，说谎是没有任何必要的一件事。

“你身上有他的味道，算是我们的同伴，你来这里做什么？也是为了那件事吗？”少妇问。

他？

那件事？

我略一迟疑，反问道：“实验品？”

少妇的眼睛不着痕迹地打量着我，语气里却多了几分毫不掩饰的警惕：“你不知道？你到底是什么人？”

我也懒得跟她客气：“如果你认识那位老爷子，带我去见他，就说我救过他的命，他知道我是谁。如果不认识，谢谢你刚刚帮我一把，但是我要走了。”

“救命？”少妇的眼神忽然亮了，“你是——圣父？”

“什么？”

今天已经发生了太多让我猝不及防到麻木的事情，可不得不说，这件事还是其中最让我错愕的一件。

——圣父？我？

“从鲜血中诞生的圣子，其父亦为圣父。”少妇简单解释了一句，“七号老爷子正在备战，战争一触即发，你跟我来。”

备战？

我忍不住在这种时候还幽默感爆发了一下：“总不能是为

了夺回我儿子的战争吧。”

没想到少妇无比认真地点了点头：“没错，就是为了夺回圣子的……流罪者的最终决战。”

9

酒馆后头，一条密道蜿蜒曲折。

走了大概十分钟左右，少妇推开尽头的一扇铁门，示意我从密道中出去。

眼前浮现的，是一片竹林。

满是鲜血和残肢。

少妇脸色顿时大变。

“不好，被教会的人发现了！”

她顾不上多说，拉着我的手，向着竹林深处走去，里头的道路极为幽森，她却仿佛闭着眼睛都能认得一般，进退趋避，皆有章法，不一会儿，竹林散开，眼前豁然开朗，别有一番洞天。

一片悬崖。

崖下江流湍急，隐约可听见惊涛拍岸之声。

那天我救过的老人坐在地上，左肩被一个巨大的十字架钉在身后巨石之上，右眼上一道崭新剑痕，几乎把整张脸劈成两半。

他的对面，站着两个把整个身躯包裹在阴影里的人。

“炼狱长……”

少妇抓着我胳膊的手骤然收缩，我吃痛，忍不住叫出声来。

老人和人影的目光顿时投了过来。

老人看到我，显得很高兴的样子，又好像早就在意料之中，等着我的出现。他招了招手，示意我走过去。

说实话，我对这个老头子的印象并不太好，可我惦记着茉莉和孩子的安危，还是走了过去。

“孩子出生了？”他拍着我的手，轻声问道。像是一个和蔼的邻居大爷，在散步街角遇到的时候，随意攀谈着。

我摇摇头，我甚至没有见过孩子一眼，我无法确定，孩子和茉莉究竟怎么了。

老人却呵呵地笑了：“我告诫过你们，祝福很重，不一定担得起。”

我忍着心头的怒火，努力用最克制的语气问道：“什么祝福？”

“自由。”老人笑了笑。

另一侧的两个人影中的一个却忽然开口了：“七号，你别高兴得太早了，孩子还在我们手里。”

“是吗？”

老人淡淡反问了一句。

他忽然抓住了我的手掌，一股电流仿佛刺破了我的脑海，痛得我几乎站不直身子，就要跌倒下去，可那股电流，也仿佛刺破了层层迷雾，我终于看见了茉莉。

躺在冰冷的手术台上，茉莉的尸体。

肚子被剖开，没有任何缝合的迹象。

死于生产。

为她接生的家伙，把孩子取出来后，就再也没有管茉莉的死活。

我找了她这么久，她却早已经在痛苦和无助中，永远离开了我。

我浑身控制不住地开始颤抖了起来。

老人的语气仍然很平淡："看见了，是吗？"

"为什么？"

我几乎是一个字一个字地吐出来。

"因为禁令。"

"禁令？"

"没错，无翼城，一座禁梦之城的禁令。"

禁梦之城？

我第一次听到这个称呼。

但是多年的神学素养和学术水平，让我本能地意识到，这里头包含着的一个字。

"梦。"

没有人知道这个字是什么意思，也没有人知道这个字是谁创造出来了。在教会中，这个字被认为是"神文"，当拥有了"梦"的力量的时候，人类也可以比肩神明。

可是，禁梦……

"年轻人，他们想要追杀我，是为了我脑海里的一些东西，我曾经见证过的那些存在，他们改写了我的人生，也赋予了我超越的力量。"

"可是我老了，八十年过去了，我没有完成我的使命，力量却在不停流逝，我必须要找到一个能够寄托我力量的存在。”

我的脑海里顿时浮现出了那滴滚烫的血。

“我没有骗你，那天晚上，是我力量最衰弱的时候，你救了我的命，我就实现了你妻子的愿望，将那股力量，赐给了她肚子里的孩子。”

“什么力量？”我忍不住问。

“梦。梦的力量。”

老头还想再说什么，可对面的人影已经动了起来。

风起。

星光被锐风裹挟，化作迎面而来的刀光，大地上的草蔓疯长，攀上了我和老头的手脚。

老头安稳不动，坐如泰山。

“别怕，力量给了你的儿子之后，我现在虽然只是一个容器空壳，但毕竟承载了那东西这么多年，他们的这点小花招，伤不了我。”

“现在真正有麻烦的，是你的儿子。”

我浑身猛地一颤，一把拉住了老头。

“他，他怎么了？”

“他神识未开，被教会的人强行剖腹取了出来，无法挣脱这座城市的束缚，即将被炼化成纯粹的幻想精华。”

……

他说的这句话，什么神识，什么束缚，什么幻想精华，我一个字都没有听懂。

我唯独听懂了的，是剖腹，和炼化。

他们杀了我的妻子，现在又要杀我的孩子。

“我，我该怎么做？”

我有一种冥冥之中的预感，我来到这儿，并不是偶然，而是某种命运的结果。

一定有我可以做的事情。

老头笑了笑。

“每一座禁梦之城，它们存在的目的，就是封印住人们的幻想，不让人们发现，幻想，可以改变现实。”

“地核的贵族们，是自愿放弃幻想的力量，换来镇守一城的富贵；而外域的流罪者们，是在外面未经允许，研究、使用、发掘幻想之力的罪犯、研究员和天赋者。”

“禁梦之城无时无刻不在抽取着所有人脑海中属于幻想的力量，然后用一个概念将它封印起来，如果无法突破这个概念，那么城市里所有的人，都将被禁锢，失去所有的力量。”

“这是一个无解的循环，唯独获得力量，才能突破禁锢；而无法突破禁锢，就无法获得力量。”

“自从那件事之后，八十多年来，人们在大陆上建造了成百上千的禁梦之城，封印了一代人属于他们的幻想之力，唯有中央政府和古神教会，被允许使用这种力量。”

“……以及，我们。”

老人的语气平平淡淡，却带着一股说不出的讽刺和骄傲。

“阿克斯，你是触碰过我的幻想血源的人，也是你儿子的血脉至亲。现在，唯一可以用意识帮助他脱离城市束缚，彻底获得自由的人，只有你。”

“你能做得到吗？”

我没有回答他。

只是轻轻地，往前站了一步。

过去二十多年的日日夜夜，在我的脑海中流转，仿佛走马灯一般。

孤儿院的打闹嬉戏，读书时的寒窗勤学，以及恋爱、工作……每一个画面，都有茉莉的影子。

而画面的最后，定格在那张冰冷的手术床上。

茉莉的肚子被破开，里头空空荡荡。

她睁大眼睛，看着天花板，似乎在不解地等待着，不知道为什么她的丈夫还没有来看望她，不知道她的孩子究竟去了哪里。

死不瞑目。

我的脑海中，一股从未有过的愤怒如同岩浆一般，翻江倒海。

教会，贵族。

我的儿子。

“渎神者，告诉我，这个城市的禁锢概念，是什么？”

老头靠在背后的大石上，无声地笑了。

“飞行。”

“无翼城中，禁止飞行。”

我仿佛能看见，通天高塔，教会内部，此时已经布下了天罗地网，而我的儿子，那个小小啼哭着的婴儿，正被放在塔顶的祭祀殿中。

“好。”

我点了点头。

远处的塔顶，似乎有一股极为澎湃的意识能量，和我体内遥遥呼应。

我一跺脚，拔地而起。

整个城市都仿佛颤了一颤，天空中，黑云压城，晦暗难辨。

我直奔塔顶而去。

在今天之前，我只是一个再平凡不过的普通人。

工作，生活，守护自己的小家。

可一夜之间，我失去了我的茉莉，我的家庭，我的所有。

我所剩下的，只有这个孩子。

所以，这一刻，我忽然什么都不害怕，什么都不畏惧了，我的脑海里，只有茉莉灿烂如花的笑颜。

“再等等我，把儿子送走，我就来接你回家。”

10

一望无际的荒原。

群狼站在山头，望月而啸，山风吹过密林，发出簌簌的响声，帐篷外的篝火噼里啪啦，仍在吞吐火苗，发出明亮的光和热。

可帐篷里……

舒缓的《The Endless》的钢琴声仿佛溪水般流淌，一个青年模样的男人穿着粉红色的可爱睡衣，躺在床上，聚精会神地打着手里的游戏机。

忽然，他像是感应到了什么似的，抬起头来。

一挥手，帐篷消失在了空气中。

远处的天边云端之中，一座巨大的岛屿上，忽然亮起了点点火光。

片刻之后，一道金光如同彗星般，顺着天际陨落，坠向西方的大陆边陲。

“七号……死了吗？”

青年耸了耸肩，低声喃喃：“老固执，能活到现在，已经算是奇迹了。”

“不过说起来，当初建造无翼城的家伙也真是恶趣味，封印了飞行的幻想，然后建造了一座飘浮在云端的禁梦之城，所有不会飞的家伙，岂不是一辈子都离不开这座孤岛？啧啧，人类的恶趣味……还真是……”

说着，他大大地打了个哈欠，像是没有兴趣继续看下去了，帐篷重新浮现在空气中。

“……老家伙，向我低一下头又会怎么样呢……”

青年轻声喃喃，语气不知是恼怒，还是遗憾。过了半晌，他忽然把手里的游戏机放在床边，像是跟谁置气一样，嘟囔道：“喏，晚安咯。”

然后拉了拉床头的灯，睡了下去。

荒原之上，仿佛所有的声音都一下子沉寂了下去。

唯有一望无际的黑暗中，他头上那顶小丑一样软趴趴的睡帽上，一个阿拉伯数字的“9”，悄无声息地亮起了微弱的荧光。

Bling。

Bling。

To be continued

人格测试

PERSONALITY TEST

如果全世界都不允许飞行器存在，你觉得是为什么？

- A. 天上有危险（+5）
- B. 引力有问题（+3）
- C. 飞行器被更厉害的空间穿梭机淘汰了（+2）
- D. 飞行器有安全隐患（+1）

THE LAST
LUCIFER
最后的路西法
审判裁定：▸▸▸
剥夺幻想能力，终身监禁。
罪梦者
罪行：曾用梦在城市上空召唤一座战舰，撞倒地标建筑。
ID：F-002
危险程度：▸▸▸S

最后的路西法

罪梦者 南贺川前

非著名相声表演艺术家，对做梦略知一二。

01

亚瑟是收破烂的，专门从城西破烂场捡破铜烂铁运回家让老爹重加工的那种。

“还差三千金。”他一边挑拣破烂，一边嘀咕。

三个月后就是炽天使战士的预备役考核，他马上就十八岁了，那是他最后一次机会，也是唯一的机会。

他必须攒够十万金，从黑市买来内城身份信息。冒充内城人是伊甸城明令禁止的行为，任何僭越者都会被无情地驱逐。

但亚瑟不怕，他只想成为炽天使战士，他永远记得十岁那年那一簇从天而降的济世焰火。

这个目标他只敢告诉老爹，因为在这个随处可见义体人和机械怪物的世界，亚瑟竟然闻不了机油味，简直是个怪胎。

怪胎想要成为炽天使，好好笑。

“就是把老爹的袜子塞进鲱鱼罐头里，也没有这么臭。”亚瑟强忍住要干呕的冲动，往钢铁堆深处挖去。

他每拣出一样东西，心里就默默盘算一遍它的价值，他在废品堆里越埋越深，仿佛被钢铁怪兽吞进了胃里。

只见怪物的胃滚动了一下——是废品堆在晃动！亚瑟似乎被什么绊倒了，铁疙瘩哐当哐当地滚落，砸起了一地的烟尘。

亚瑟连连咳嗽，等烟尘散开，他正要爬起来的时候，忽然看清了身下压着的东西。

那是一颗破败的脑袋，脸上皮肤残缺不全，仿佛一颗地球仪上支离的大陆，而海洋的位置，则裸露着杂乱的线路。

“呼！是机器人啊，吓我一跳。”亚瑟长舒一口气，仔细端详起这颗脑袋起来，“这工艺真逼真，比老爹厉害多了……”

他从地上爬起来，开始打这颗脑袋的主意。以他多年收废品的经验，这颗脑袋也许值很多金。他双手捧住脑袋，正要端起，却发现这脑袋有点沉，他果断加大了力气。

轰——

一通拔萝卜般的操作，亚瑟一屁股跌坐在了地上，身前原本摇摇欲坠的小铁山彻底崩塌，而他手里的脑袋，原来还连着一截将断不断的脖子，脖子再往下，还有半截躯干，看起来就像是胸腔以下被腰斩了一般。

亚瑟不自觉抖了抖，他觉得这机器人做得未免太像人了。他心里有些发怵，但攒钱的欲望打败了恐惧，这样精细的机器人，即使坏了，也值不少金。

捧着脑袋的手停止了颤抖，亚瑟忍不住将脑袋捧得再离脸近些，想再仔细看看。他头也微微低下，和机械脑袋脸对脸，啧啧叹道："真是巧……啊——"

亚瑟一声尖叫，几乎要把魂都喊飞了，因为他看到，这颗脑袋，睁开了双眼，正目不转睛地盯着他。

02

"这真是太不可思议了！"

灯光将破旧的库房照得透亮，空气里满是铁锈的味道，老爹站在工作台前，上面满是电路板、五金材料、电焊工具，以及一个人。

他刚进行完一场"手术"。

"老爹，这东西……真的是活的？"亚瑟仍旧难以置信。

一周前，他被那突然"诈尸"的机器人吓得一屁股跌坐到地上，至今尾椎骨都疼。幸好那机器人只是睁了一会儿眼睛，很快又进入了休眠状态。

直到亚瑟把它抱给老爹看的时候，他才意识到，他这回捡到了不得了的东西。

"当然，即便他的身体全部由机械组成，但是他的大脑依然是人脑，所以他就是人。"老爹收回了目光，转而看向亚瑟，拍了拍他的肩膀，"亚瑟，这是一条生命。别忘了炽天使的使命。"

"我知道了，我不会乱来的。"老爹用来做"手术"的躯体，是从给一位顾客定制的防卫机器人上拆卸下来的，现在不管是顾客要的东西，还是稀有的精巧机械人，都没了。

但没了就没了吧，也只差三千金了，很快就能攒到的。

亚瑟收起小心思，同情地看着工作台上的人。他原本残破的脸被老爹用红铁补全，看起来就像是被火舌舔过，烙下了猩红的印记。

“他什么时候会醒啊？”

“谁知道呢……”老爹呢喃着。

几乎是应和着老爹的声音，工作台上响起了细微的动静，那人好像动了一下。

亚瑟和老爹一齐愣住了，定定地盯住了工作台，不敢动，甚至不敢呼吸。他们亲眼看着那人缓缓地睁开了眼，眼珠子在眼眶里提溜儿转了转。

然后，他从台面上坐了起来，不紧不慢地环视着四周，最后将视线定格在了站在工作台前的父子二人身上。

“人？”他张嘴发出了一个音节。

亚瑟连忙点头。他从对方的眼珠子里看到了自己的身影，有种像被锁定的错觉。

“是我们救了你，你坏了你知道吗？连身体都没啦。”亚瑟生怕对方误会似的，赶紧解释，也不知这丝危机感到底从何而来。

那人眼珠子又动了下，像是表示自己在思考一样。几秒后，他微低下头，一只手平摊开来。他在看自己的掌心。

“这身体是老爹帮你装的。”亚瑟又解释道。

那人仿佛没听到似的，自顾自握紧了手掌，又摊开，又握紧。反复了几次，有点像是调试机器。

一分钟后，他再次抬头，看了过来，声音没有起伏地问："我是谁？"

03

小非可能是脑子受过伤，很多事都记不得了。哦，小非这个名字就是老爹帮忙取的，因为是在废品堆里发现的小非。

他们想带小非去看看脑子，但小非拒绝了，他对于找回记忆什么的，一点儿执念都没有。准确地说，他对任何事都没有概念，所以也没有任何特殊的情绪。

小非就这样成了亚瑟家的一员，和他们生活在一起。这对亚瑟而言和从前并没有什么区别，虽然他接受了小非是人的事实，但小非没有感情的样子，比他的身体更像是机械。

亚瑟同往常一样，每天都认真地收废品，刻苦地做训练。唯一的不同是，他身边多了一个跟屁虫，也不帮忙，就只看着他，像是一台全天候记录自己行为的仪器。亚瑟并不介意小非的所作所为，相反很是乐意，因为有人监督着，他似乎更卖力一些。

"你在干什么？"这是小非观察了亚瑟一个月后，第一次主动问话，"我学会了很多常识，但你在做什么，我不知道。"

"练习格斗术。"亚瑟很耐心地回答。

"是像这样吗？"小非说完，在一旁模仿着亚瑟的动作，施展了一套格斗术。

小非胸腔以下的身体以及四肢，都是原属于护卫机器人的，所以整体总有种微妙的拼凑感。然而当他施展格斗术的时候，那种诡异的不协调感消失了。他的动作行云流水，干净漂亮。

亚瑟看得目瞪口呆，觉得跟小非比起来，自己根本不会格斗。他忍不住兴奋地问："你会格斗术？！"

小非斟酌着用词，道："比起会，更像是一种本能。"

亚瑟叹服，默默在心中认定，小非原本的身份应该是内城里某个大人物的保镖，是犯了什么严重的错误，才被扔到了外城，像扔废品一样。

他们不稀罕的，亚瑟稀罕。他熊抱住小非，喊道："从现在开始我们就是形影不离的兄弟了，兄弟，我想学格斗！"

04

"今天不捡垃圾了吗？"小非跟在亚瑟后面，露出疑惑的表情——五官稍微扭曲了些。

小非原本的皮肤肌理用的是仿生材质，所以皮肤完好的地方，看起来和正常人没什么两样。可是他偏偏破了相，而亚瑟他们根本搞不到仿生材质。好在如今义体人随处可见，面部全是机械的也不在少数，因此小非在人群中并非异类，只是容易让人认为本人审美不好且改装医师技术不行，所以造成了这样狰狞的面容。

他如今和亚瑟一家已经相处了近两个月了，慢慢有了"人气"，说话语气也不生硬了。

“今天是个特别的日子，我带你见见世面。”亚瑟拉着小非的手，往外城中心城区的主干道走去。那里会通向内城，是纵贯伊甸城的最伟大的道路。

越往那儿走，人潮就越拥挤，小非难得又问了一句：“今天大家都不用工作吗？有什么盛典？”

“是游街。”亚瑟的声音不自觉发紧，有种咬牙切齿的意味，“堕天使的游街。”

“堕天使？”小非感觉大脑里有根神经被牵动。

“人类的叛徒，炽天使的耻辱。”

小非注意到了，亚瑟说这句话的时候，周围的人也纷纷露出了憎恨的神情。

“我待会儿再跟你细说，我们要抓紧时间，不然就没有位置了。”亚瑟焦急地拽着小非往前跑。

最后，他们真的没位置了，主干道两侧挤满了人，密密麻麻得似乎连空气都堵住了。

“看不到了。”亚瑟十分失望，颓丧地耷拉起脑袋。

“可以看。”小非忽然开口。

亚瑟猛地抬头，就见小非指了指不远处的小楼，说：“我带你翻上去。”

小非行动力非常强，说完就扛起亚瑟，挤出人群，飞檐走壁般轻轻松松翻上了小楼的天台。

“现在可以看清楚了。”小非指了指远处，穿着流体机甲的战士排成长长的两列，将人群隔开，主干道的尽头，一个庞大的钢铁巨人踏着沉重的步子出现，每一步都踏得地面微震。它手握着一根沉重的锁链，锁链很长，在它的彼端，铐着一个人的脖子，“是他吗？”

亚瑟顺着小非指着的方向看去，啐了一口：“叛徒！”

小非沉默着，目光一直锁定在那个“堕天使”身上。

身形瘦削得几近骷髅的堕天使终于出现在了众人的视线中，他被锁链拽着蹒跚地往前挪，就像一条被遛的狗。

“烧死他！”“叛徒不得好死！”人海里骤然炸开激愤的呐喊，此起彼伏，声声不绝。更有人朝他扔石头，扔烂水果，甚至有人扔刀子！

亚瑟也在呐喊，在堕天使就要路过他们所在这栋小楼的正前方的时候，从兜里翻出一枚大螺丝，狠狠砸了出去。

“为什么？”小非感觉大脑里的那根神经一直在抽痛，像是有什么被束缚住的东西在疯狂挣扎。

“你注意过天空吗？”亚瑟出了口恶气，情绪总算稳定了些，他食指指向天空，“看到了太阳下的那粒影子吗？”

小非抬头，果然按亚瑟说的，在太阳下看到了一粒仿佛影子的东西。

“那是撒旦之眼，是撒旦星人留在地球监视人类的浮空城。为什么叫撒旦呢，因为它们都是魔鬼！撒旦之眼每年都会降落一次，浮在离地表一千米的高空，对人类发起进攻，没有规律，不留余地。

“知道人类为什么只剩这么点了吗？因为都被它们杀掉了。

知道我们为什么缩在伊甸城吗？因为其他地方都被毁掉了。

“炽天使是人类最强大的战士，是人类的守护者。但十年前的堕天之战里，有炽天使背叛了人类。”

小非移开眼，没再看那粒影子，转而继续看向那位堕天使。一瞬间，他的眼前似乎出现了重影，下意识地念出了一个名字：“安士白。”

“不，是路西法，他偷走了‘火种’。之所以有堕天之战，是因为人类发现了撒旦人的秘密，它们有一种神奇的能源，是一种蓝色的晶体，密度十分高，小小一颗，就蕴含着巨大的能量。撒旦人把那种能源做成了高度浓缩的能量石，而‘火种’就是让撒旦人远渡星系征战地球的秘密，那是它们所有战舰的能量来源。

“‘火种’在撒旦人那儿也是极其珍稀的存在，产生一颗‘火种’要付出极其巨大的代价，正因如此，当年‘火种’消失后，撒旦人的战舰也离开了，只留下了监视人类的撒旦之眼，以及永无止境的报复。

“它们在人类星海之旅的开端时降临，摧毁我们的文明，屠戮我们的同类，让噩梦永无止境地笼罩我们。而路西法，他没有将‘火种’带回人间，他消失了！他背叛了人类！因为他的带领，接近三分之一的炽天使反叛，他们都是罪人，他们都该下地狱！”

小非默默地听着这一切，好一会儿才又问：“这些也都是常识？”

“不，是信仰。”亚瑟目含热切的光，“而我也将成为信仰的一部分。”

05

游街结束，堕天使被关入了囚牢。他再次出现在大众面前时，将是三个月后的炽天使护卫队成立二十周年的那一天。他将在伊甸内城中央的广场上，被处以极刑，届时全程直播，所有人都将见证他的死亡。

人群散去，生活又回归正轨。小非和亚瑟走在街道上，还在说着话。

“所以你拼命攒钱，就是为了获取炽天使考核的资格？”小非总算明白了亚瑟对金钱异样执着的原因了，“钱很难赚吗？”

“……”亚瑟觉得小非真的不是人，他的心比他的身体还要冷漠无情。

“你看。”小非指了指前面挂着的招牌，上面写着“街头争霸赛，霸王擂主奖金一万”。最绝的是，那奖金只是一轮守擂的，如果持续霸占擂主位置，奖金将持续累加……

“不可以！”亚瑟连连摇头，不说他打不打得过，他也不能打，他一本正经地说，“炽天使是守护人类的，不能伤害人类！”

“那如果不打伤他们，就可以参加咯？”小非一派理所当然。

“什么？”亚瑟以为自己出现了幻听，“你确定你能打赢还不伤人？”

“试试。”

大概是小非的语气过于淡定，以至于亚瑟真的信了他的话。长这么大，他头一回走进这个满目喷漆、嘈杂声与汗水味挤满空气的骚动小巷。

穿过巷子，里面是一处空地，用铁网围起，外面是钢铁做成的一圈圈阶梯架子，而铁网里，便是街头争霸的擂台。这里成了一个简陋的小型斗兽场，野蛮，又令人热血沸腾。

亚瑟和小非正要继续往里走，却突然被人拦下了。是个接近两米高的壮硕的男人，像一座小山一样，他的手臂是义体，手掌是铁钳的形状，看起来悍猛可怖。

“看比赛的？买票。”男人声音很粗，因为场子吵闹的关系，故意大声喊话，震得亚瑟头皮发麻。

“不，我们是来打擂的。”小非微微挡在亚瑟身前，亚瑟顿时觉得笼罩着自己的压力消失无形。

“打擂？”男人上上下下打量着小非和亚瑟，眼神里的轻蔑显而易见，“行啊，交押金。”

“多少？”

“一百金。”

“一百金？！”亚瑟怀疑自己听错了，“为什么打擂也这么贵？”

“这是规矩。”男人懒得再讲，在他眼里，亚瑟弱小普通，小非一看就知道是用的三流的义体，根本不够看，“玩不起可以不玩。”

亚瑟犹豫了，他转头看向小非，想他主动放弃，却听小非说：“亚瑟，你信我吗？”

自上次小非展示过格斗术后，亚瑟每日都缠着小非教他，借口说好兄弟就要互帮互助，事实上是，小非对于生活常识等各项问题，都是通过自己观察学习的，还每日耗费大把的时间教小非，甚至还帮他收破烂……

“信！”亚瑟伸手从兜里掏出几枚金币，“我出门只带了十金，你等等我，我这就回去取。”

他一把将金币全塞进小非手里，正要撒腿跑回家取钱，却被小非拉住了。

“别急，有别的办法。”

亚瑟就那样眼睁睁看着小非用一枚金币，赚到了一百金——他找人掰手腕，一金币一局。

再后来，小非又靠着这一百金，完成了十八连胜，成了当日的擂主。

“三千金……就这样凑到了……”亚瑟还处于恍惚中，低低呢喃。

“嗯，明天继续。”

“继续？”

在亚瑟诧异的目光中，小非难得露出一个极浅的笑，“我也要凑齐十万金。我也想试试，成为炽天使。”

06

一直到正式考核前夕，小非每日都还会去守擂，以至于后来那条街的人，只要看到他们两人，都会忍不住咽口水，然后哆哆嗦嗦绕道走。

亚瑟一开始并不理解，明明钱都够了，为什么还要再打，问小非，小非只让他仔细看战斗。后来亚瑟慢慢悟了，小非在用实战向他演示。

正式考核这一天，亚瑟紧张得呼吸困难，许久没犯的机油恶心症突然发作，使得他还未出门，就已经吐了三回。等到了约定好的被人接应进内城的地方时，亚瑟早已是一副近乎虚脱的模样。

除了身体抱恙，他最虚的，还是贴在胸口口袋里放着的资格证。他时不时地摸摸它，嘴里念念有词，似乎在祈祷。

“不是内城人后果真有那么严重？”小非问。

“你小点声。”亚瑟往四处看了眼，确认四周没人在意后，才解释道，“你知道伊甸城为什么会分内城和外城吗？”

小非摇头。

“因为撒旦之眼。它每年降临的时间完全没有规律，所以一开始的两年，伊甸城遭受了重创，差点儿被毁灭。于是伊甸城采取措施，打造防护罩。然而伊甸城的资源实在有限，打造出来的防护罩并不能保卫整座城市，因此，他们将防护罩能保护到的核心区域，划分为内城。

“而他们为了保证将损失降到最低，对伊甸城所有的人类进行了基因测试以及筛查，所有拥有高智商、强体魄、无限潜力的人类，都被认定是新内城的居民……我们所有人，都被分了等级……

“炽天使战士作为人类的守护者，必须由最优秀的人类担任，所以，它的选择范围，只在内城。

“现在，你懂了吗？”

解释完这些，亚瑟的紧张渐渐消失了，取而代之的，是混杂着亢奋的坚定。他妄想了那么多年，就是为了今天，怎么能掉链子呢。

小非一直以为内城和外城的划分由来已久，却没想到竟然只存在短短八年。

“这样不对。”小非的声音没有起伏，就像在说天气一般。

“但是没有别的办法了。”亚瑟有些沮丧，更多的是深深的无奈。

“有的。”小非食指指向天空，“把它破坏掉。”

“哪有那么容易！”亚瑟惊叫。

“可是我们现在不正在做这样的尝试吗？成为炽天使，然后摧毁撒旦之眼，保护全人类。”

亚瑟愣住了，对，这是他一直以来的目标，他一定要成为炽天使。

或许是上天被他强烈的意志感动了，那天，他们的身份没有暴露，顺利地参加了考核。

考核的内容很简单，就是搏斗，靠自己的力量打倒一个五米高的机械大怪兽。

小非无疑是考核者中最耀眼的人，他刷新了炽天使队员预选的记录，竟然只用了十五秒，就打倒了机械大怪兽。

而亚瑟恰恰相反，他一次又一次被怪兽击倒，遍体鳞伤，但他就是不放弃。在第九十九次被怪兽抡飞后，亚瑟彻底爬不起来了，但他执拗地扬起头颅，朝着怪兽喊："再来！"

机械大怪兽受到了挑衅，果然朝着亚瑟走来。考官都看不下去了，正要出手强制结束考核，机械大怪兽忽然一个趔趄，摔倒了！

在场的人都惊呆了，包括考官。这时，一直在观看考核的炽天使大队长出面宣布亚瑟通过了考核。

这一结果引发一片哗然，只听大队长凛然道："炽天使固然要最强的实力，却也需要最强的意志，不被打倒的人，才有机会成为最强的人。"

仔细观察过亚瑟考核的人就会发现，怪兽最后的摔倒绝不是因为运气，而是亚瑟每次挨打时都会刻意引导，让怪兽的攻击砸到他想要的位置，最后，整个场地被砸得坑坑洼洼，早已不适合笨重的机械大怪兽行动……

这是一个漫长的布局，也是笨拙又聪明的布局。

"你很好。"大队长看着亚瑟道，"恭喜你成为炽天使预备队员。"

07

因为考核上发生的事情，亚瑟的风头一开始甚至盖过了小非，但是多接触几天后，那些风头便全都散去了。因为亚瑟在一众优秀的预备役成员中，并不出挑。

小非理所当然地成了炽天使预备队里的风云人物，因为不管是什么样的训练与任务，他都能轻而易举地完成，甚至各种复杂的理论知识，他也能轻松理解。不出一个月，小非就成了炽天使预备队里所有人的崇拜对象。

而外界的态度，从来都不是小非在意的东西，他还在给亚瑟特训。

加入炽天使预备队后，亚瑟愈发意识到自己的不足，为了不被同伴们甩下，他特意请小非为他加训。

时间在充实的训练生活中过得格外的快，没多久，炽天使护卫队二十周年的日子到了。这是整座伊甸城的盛典，是全人类的节日，更是他们审判罪徒的时刻。

伊甸内城，中央广场，高台伫立，其上黑木十字架上，绑着一个瘦得显出骨头形状的人。高台之下，一圈圈的火焰包围着它，蠢蠢欲动。

炽天使预备队的队列里，小非站在队首，双眼死死地盯着火焰围绕的高台上的那个人。他的脑子里也仿佛有一团火在烧，不一样的是，脑海里的那团火似乎点燃了一片天空，将天地都染成了红色，而那灭世的红色里，有无数身影在挣扎，在扭曲。

“你怎么了？”亚瑟余光看到小非的身形微微晃了一下，有些担心，连忙小声询问。

小非没有理亚瑟，因为他根本没有听到亚瑟的声音。他的脑海被惨叫声充斥着，几乎要震碎他的理智。不知不觉，他的双眼泛起了红光，他低声呢喃了一句：“安士白。”

广场中央，炽天使大队长在宣读着审判，所有人都屏息聆听，就在这时，一道黑影从人群中爆射而出，直冲高台。

小非冲出去了！

他要救人，他想起来了一些，那个人叫安士白，是自己曾经的战友，他不是堕天使，不是！

“小非！”亚瑟在察觉到小非不对劲的时候，心就开始不安起来，但是他没想到，小非竟然要去救那个叛徒。他甚至没来得及拉住他。

广场上的炽天使正式队员们没有一个是庸才，全都在第一时间反应了过来，纷纷开启战斗模式，团团将小非围住。

“你想干什么？”炽天使大队长目光森冷地盯着小非，今日对于炽天使而言有着重大的意义，任何人都不能阻挠审判，即便他是炽天使的一员。

“我要救他。”小非对上大队长的视线，气势分毫不让。

“炽天使听令，拿下他！”大队长雷厉风行，所有天使战士齐声应令。

整座伊甸城最精锐的战队，三千名炽天使战士，一圈圈一层层围住了广场，而包围圈的中心，只有三个人，一个在高台上，一个想去高台，一个拦在高台前。

小非似乎根本就没有恐惧畏怯这样的情绪，他扭了扭脖子，下一秒，整个人快速朝高台冲去，快如一道闪电。

大队长第一时间挡住他的去路，两人撞上，激烈的打斗瞬间展开。钢铁与流体机甲高频碰撞，擦出星星点点的火花。普通的钢铁显然不能与炽天使机甲媲美，一拳拳打下去，小非自己的拳头先凹了下去。他的身体这里凹了一块，那里瘪了一片，但他丝毫没有退让的意思，反而越战越勇。他的战斗意识十分卓越，格斗技巧狠辣熟练，竟然连大队长都招架不住。

当小非的手掌掐住大队长脖子的时候，大队长骇然道："你……你是堕天使？！"

炽天使预备役们也许看不出，但在场的炽天使们都能认得出来，小非使用的格斗技巧，正是炽天使机甲格斗术。

"抓住他！"所有的炽天使都不再只围在一边，他们全都动起真格，炽天使机甲启动，闪起火一样的红光。

堕天使是他们的仇人，不共戴天的仇人。

偌大的广场上，成片的鲜红将那唯一一点灰色淹没。最后，红色熄灭，战士们让出一片空地，那里躺着半截钢铁之躯，破败的脑袋借着胸腔的支撑，固执地昂着。

炽天使大队长抓起他的脑袋，像抓起一颗球，提着他慢慢往高台处走："既然你想去那里，那我就送你一程。"

"等等！"广场的那头忽然传来一道呐喊，大队长回头，就看到一个少年正向这里跑来，因为过于急切，以至于重心不稳跌倒在地，他的膝盖似乎在地上磕出重重的响声，但他一点也不怕痛，很快爬起来，跌跌撞撞着继续跑来。

"你也要救人？"大队长冷眼盯着亚瑟，他对这个少年有点印象，之前考核里那个死也不放弃的男孩。

"不。"亚瑟摇摇头，"我只想问一句话，可以吗？"

堕天使已经毫无威胁，于是他默许了。

亚瑟一步一颤地走到小非残破的躯体前，对着他的脑袋，声音沙哑着问：“为什么背叛？”

小非看到亚瑟充盈着血丝的双眼，始终沉默。

“为什么！！！”亚瑟又问了一遍，声音嘶吼着，像咆哮的兽。

“……我不知道。”真的不知道，小非的记忆仍旧是混乱的，他只知道安士白是他的战友，他不能看着他死，仅此而已。

08

“你是谁？”安士白气若游丝，连转头看小非，都几乎耗尽了全身的力气，“对不起，身体废了好多年了，眼睛也看不清了。”

“没关系，你眼睛没事应该也认不出来。”小非难得语气带着点调侃，“我也不知道我是谁。”

“声音也没有印象，看来你比我更惨。”安士白笑了，连笑都费力气。

“嗯，没个人样了。”

明明一个不知道对方是谁，一个只记得对方的名字，可他们聊起来，却像是多年的旧友。不，他们本来就是多年的旧友，同生共死的那种。

“你记得当年发生了什么事吗？”小非问。

“不知道，什么都不知道，等我有意识的时候，堕天之战已经结束了，我也废了。”安士白慢慢说着，声音隐含悲怆，“我们没有背叛。”

“是吗，那就好。”小非如释重负，仰头望天，忽然，他双眼微凝，“撒旦之眼在降落！”

09

观测撒旦之眼的警报响起的时候，整座伊甸城都陷入了恐慌之中，中央广场上烧灼的火焰，忽然看起来如此刺眼，就像是玩火自焚一样。在场的所有炽天使当即进入战斗状态，审判什么的已经不重要了，他们迅速列好队，以最快的速度朝东区进发，那里有他们的航行器，他们要阻止撒旦之眼降临。

如果撒旦之眼降到一千米的高度，它就会对着伊甸之城进行无差别攻击。过去的十年里，他们只成功阻断了三次。

全城进入备战状态，孩子们被转移到安全地区，而负责转移的，便是炽天使预备队的成员。

不久前人满为患的中央广场，现在只剩下熊熊燃烧的火焰，以及高台上两个失去自由的人。

“没想到堂堂炽天使，竟然会被剪去双翼，这样窝囊赴死。”安士白惨笑一声。

“确实窝囊。”小非向来淡然，唯独此刻，胸腔里涤荡着一股强烈的不甘。

就在这时，高台下传来响动声，像是有谁在往上爬，小非和安士白都转不了身体，根本看不到来人。

他们正疑惑着，来人就走到了他们面前。

是亚瑟。

“你怎么回来了？”小非头一回语气里带着如此浓重的情绪。

亚瑟没有回答，只是动作利索地给安士白解绑，待安士白站稳后，抱起小非，将它塞到安士白怀里，冷声说：“带他滚。”

“为什么回来救我？”小非又问。

亚瑟还是不回答，抬腿要走。

“小兄弟，你说说吧，骗人都行，否则我不会带他走的，像我们这种人，糊涂了半辈子，最讨厌这种不清不楚的感受了。”安士白声音轻轻缓缓没有气力，却在这片广场上清晰无比。

亚瑟猛地抬头，盯着小非的双眼竟然盈满了泪水，声音嘶哑着控诉：“浑蛋，我们说好了，是形影不离的兄弟啊！”

——是兄弟啊！

小非的脑海里瞬间仿佛有千万惊雷炸开，把一切迷雾全都驱散，那些过往的记忆潮水般汹涌而至。

10

天空被火光染成了火红一片，像是玻璃膜纸，被寸寸碾碎。空中城池一般的巨型战舰上早已成了一片火海。无数穿着赤红色机甲的战士在火焰中发狂。

其实火焰并不能对机甲造成威胁，真正使他们陷入癫狂的，是火焰中丝丝缕缕的紫金色气体。那是从“火种”中泄露出来的一点点能量。

路西法根本没想过夺取“火种”会产生这样的后果，准确地说，是获取“火种”信息的人类都不知道这样的后果。

“火种”必须用特殊的仪器保存，任何直接的接触都会令人走向灭亡。大概越是珍贵的能量就越是危险。

路西法拿着“火种”的手，以及那半边的身体已经腐烂了，和机甲一起融成了胶体。紫金色的液体从“火种”流出，为他织出类似躯体的东西，支撑着他没有倒下。这仅仅是“火种”泄露的一丝气息。

路西法知道，他现在还不能倒，还有三分之二的炽天使没有登陆，不能让他们上来，否则他们将全军覆没。

他强忍着蚀骨灼心的痛，一步一步往前走，他要去飞行器上，他要向战友们传递信息。

“哥。”

忽然，一道微弱的声音响起，路西法低头，就看到了帛曳。帛曳在之前与撒旦人战斗的时候就已经身负重伤，机甲粉碎，身体只剩下胸腔及以上的躯干部分。他脸色惨白，奄奄一息，似乎下一秒就会彻底死去。

“活下去。”帛曳交代完最后一句话，终于闭上了双眼。

但预料中的死亡并没有到来，他好像只是睡了一觉，意识便又醒了过来，心怦怦直跳。

他没死？！

帛曳不相信自己有如此强大的生命力，他连忙睁眼，就发现自己躺在路西法的怀里。他正在对他笑。

“对不起，时间不够了，没能给你一副身体。”路西法面露歉意，“只能用它代替你的心脏。”

如今这个时代，身体器官皆可替代，只要大脑一直在，他们就一直在。

“知道吗帛曳，你是我们的希望，只有你没被‘火种’影响，所以只有你能把光明带回人间。”路西法显然已经到了强弩之末，声音越来越低，越来越轻。

“不，你明明也没受影响，你明明没疯！”帛曳接受不了这样的事实，尤其是眼睁睁看着兄弟去死的事实。

“那是你看不见罢了。”在帛曳看不到的地方，路西法的身体已经化了。

“凭什么啊，你们都这样了，只留下我一个人，凭什么啊！”帛曳哭了出来。

“傻子，因为我们是兄弟啊。”路西法努力勾起嘴角，朝帛曳露出笑容，“我当然希望你，好好活下去啊……”

记起来了，一切都记起来了。

“亚瑟，帮我一个忙。”帛曳忽然开口，“朝着我心脏的位置，把我的胸腔砸开，然后带着安士白，赶紧跑。

“不要犹豫，按我说的做，只有这样才能彻底摧毁撒旦之眼。”

“按他说的做吧，你想起来了，对吗？”安士白后半句，是看着帛曳说的。

“嗯。”帛曳弯起嘴唇，“亚瑟，第一次正式介绍，我叫帛曳。”

“但现在，我是路西法。”

撒旦之眼降落的速度十分迅速，在空气中摩擦出巨大的火花。它越来越近，越来越大，带着压抑的气势。

无数红色的飞行器升起，朝着那座燃着火焰的机械城池飞去，像一群飞燕，要去撞鹏鸟。

撒旦之眼的攻击模式是与下降程序并行的，它瞬间化作了浑身长满炮筒的刺猬，一个个锁定那些对它有威胁的飞行器，果断开炮。

轰隆隆——

晴天之下连出一片浮空的火海，翻涌不断的声音宛若滚雷。

无数人仰望苍穹，看着一只只火燕无力坠落。

挡不住了吗？

八千米，五千米，三千米，两千米！

就在这时，一簇紫金色的光芒划破长空，朝着撒旦之眼急速掠去。

一千五百米，一千三百米……

砰！

那一团紫金色彩撞到了撒旦之眼上，一个是巨型的机械城，一个却渺小得看不出到底是什么，只有璀璨的光芒。

没人知道撒旦之眼上正在发生着什么，他们只看到紫金色浸透了火球，将它变成了紫金的流星。流星还在下坠，同时不断分崩离析。

亚瑟痴痴地仰头望着那团光芒，想到了八年前那道从天而降的火焰。那时候他才只有十岁，在破败的铁塔下玩耍，丝毫不知道危险即将到来。等他感觉到温度烧灼的时候，回过头，才看到铁塔上的大罐子摇摇欲坠，眼看着要砸下来，那团火焰轰然而至，将大铁罐燃成飞灰。

是完成任务乘坐飞行器回城的炽天使出手救了他。

那是亚瑟第一次清晰地认知到炽天使的神圣，也是他第一次对炽天使产生浓烈的向往。

此时此刻，他觉得那团紫光，和当年那团火一模一样。

三分钟前，亚瑟听从了帛曳的指示，用炽天使预备队员的专属武器，砸开了帛曳的胸腔，他看到了那里有一颗心脏大小的紫金色能源核。

只是一瞬的注视，亚瑟就感觉到了双眼传来烧灼的刺痛感，痛得令人想发疯。

“快跑！”帛曳吼了一句，亚瑟才反应过来，背起安士白拔腿就跑。

帛曳叮嘱过他不要回头，不管跑多远都不要回头，但他还是忍不住回首，就看到一团紫金光芒包裹住了帛曳。

那些光芒几乎拥有了实质，变成了流溢的紫金色液体，迅速为帛曳凝成了一具琉璃不坏之身，与此同时，他的肩胛骨处生出一对硕大的光翼。

他成了真正掌控光明的天使，朝着天空飞去，化作一团一往无前的光。

12

撒旦之眼越来越近，近到伊甸城的观测站能清楚地拍到上面的景象，并实时在全城的屏幕上播放。

那一座为战争而生的浮空城上，一名拥有着紫金翅膀的天使，正疯狂地徒手拆城池。

他拔起一座座炮筒，用力甩出去，像疾飞的炮弹，砸到伊甸城之外的远山上。

轰隆！

他掀起一片片铁皮，依然用力甩出去，轰隆！落点依然在伊甸城之外的地方。

所有人亲眼看见了这一幕，他们从来不敢想的一幕——撒旦之眼被人剔骨削肉般一寸寸摧毁，脆弱得不堪一击。

一千三百米，一千二百米，一千米！

撒旦之眼停住了，它的动力源也被摧毁了！

帛曳成功了！

镜头在这一刻定格在了帛曳身上，他在动力源被破坏的一瞬间，速度爆发，飞至撒旦之眼底部，伸出双手，托举住了它。镜头再次拉近，画面定格在了帛曳的脸上。

哗——

熟悉的仿佛被火烧过的僵硬的脸颊，正是今天审判时企图劫走罪人的堕天使！

所有见证着这一幕的人都傻了，世界似乎和撒旦之眼一样，定格了。

帛曳似有所觉，朝着拍摄这一切的镜头浅浅一笑，用嘴型说：“我是路西法，我们不是叛徒。”

“现在，我送撒旦去地狱。”

比之前更大的光翼延展开来，几乎遮蔽了这一片天地。光翼煽动，巨风刮起，和浮空城相比大小不值一提的尘埃一般的人，用双手托举着它，朝着更远的天地飞去，直到消失得无影无踪。

自那日起，伊甸城上方一千米处的空中，浮着淡淡的紫金雾气，变成了天地间最美丽的云霞，整整一百天才散去。

End

人格测试

PERSONALITY TEST

如果你捡到了一个机器人，你觉得它会是?

- A. 哆啦 A 梦 (+5)
- B. 变形金刚 (+3)
- C. 战斗天使 (+2)
- D. 扫地机器人 (+1)

PLANETARY
FLASK
星球
生态瓶
审判裁定：▸▸▸
剥夺幻想能力，终身监禁。
罪梦者
罪行：曾将一座小镇变成生态瓶，对社会安全造成严重危害。
危险程度：▸▸▸S
ID：F-003

罪梦者

扶他柠檬茶

NO FLY

青龙镇老汉，幼时从文，然文武不就，唯系口腹之乐，别无他求。新浪微博 @ 扶他柠檬茶

01

三文蹲在桌子前，用镊子和吸管，一点一点将混了荧光水母基因的苔藓植入只有拇指大小的矿石瓶里。

湿润苔藓的质感有如棉花，吸管扫过它的表面，翡翠色的鹿角形叶被压弯又舒展，吸收从吸管口慢慢滴出的营养液，被浸润透彻后，苔色莹润饱满，在灯光下呈现出半透明的质感。

再用夹子小心修整铺平的苔藓，让它在微型瓶里好像小山坡一样隆起，再在上面摆上一座大约一厘米的风塔……

这些摆件都是立体打印出来的微型造景零件，都根据真实建筑物等比缩放，就算在放大镜下，看起来也完美无瑕。风塔里事先就培养了喜氧孢子，感受到氧气变化时，孢子就会在塔窗后微微摆动。

然后就是灌入二氧化碳，等待苔藓在光合作用中自行制造氧气……他将矿石瓶配套的盖子仔细打磨，确保它的密封性，旋入瓶身。有荧光基因的苔藓在昏暗的工作室里明亮起来，光芒充满了整个矿石瓶。

三文松了口气，将摄影机移过来，准备拍摄视频传给客户。作为微型生态瓶的造景师，他有很稳定的客源和好口碑，并且耐心过人，能应付某些难缠的客人。

拍摄信号闪了闪，同时身后一阵巨响，工作室的门被人从外面撞开，银白铠甲的武装士兵鱼贯而入，手中的激光武器瞄准了三文，武器上传来生物锁定成功的轻响。三文被吓得靠在了工作台上，他知道这群人为什么而来，而且迟早会来。可当这一天真的来到时，他仍感觉自己只是身处梦魇。

然后，那个人从士兵之后走了进来。他还是三文记忆中的样子，优越的生活方式与改良后的基因，让青年的皮肤依然光洁莹润，长发整齐披在身后。

两个士兵将三文架起，拖到他的面前。男人用厌恶的眼神盯着他沾着泥土胶水的领口，用细长的枪口把布料挑开。造景师的生活常年不见光，苍白的胸口皮肤上，有个扭曲的“7-CITA”烙印，正随着呼吸而拉扯。

“——就是他。五年前出逃的奴隶。”

02

三文坐在圆形的悬空囚笼里，四周是翻涌的黄沙浓雾。就在不远处，还有另外几个圆形囚笼，里面躺着风干的人形。

在 β4 星系，逃跑的奴隶一般都会被丢进来自生自灭，风干后碎裂的尸体会从空隙落入深处的浓雾中。那种声音就好像枯枝折断，脱离树干后融入风中。

也不会有人送水和食物过来，囚犯基本都是被活活渴死。有的主人会直接枪决被抓回去的奴隶，这属于相对的慈悲，因为尸体的后续处理也是一道工序。

浓雾上方是暴晒的烈阳，雾气非但没有遮阴，反而起到了保温和降低氧气含量的作用，他们像是身处于一个缓慢加温的烤炉，即将变成一个个烤过头的面包干。

三文在白天时昏厥过去一次。夜里有温差降雨，凉风让他清醒过来——身边的铁栏上多了条绳子，绳子下方悬着布包。

他怔了怔，将绳子拽起来，打开了那个布包。里面是一瓶营养液，以及能迅速补充体力的高能量蛋白。

三文狼吞虎咽吃了起来。他不知道这东西是谁送来的，说不定自己已经濒死了，这只是死前的幻觉……

而就在他快吃完时，上方骤然起了一阵乱风，将无数浮空囚笼吹得叮叮乱响，又是一片碎肢散落声；微型浮空艇自云层上方降下，停在他面前。

无论从哪个角度来看，这都是一艘浮夸到极点的浮空艇。

原来金属银白的外壳，经过特殊处理后，种满了各类太空花和太空蕨。这类无光无氧环境下生长的“植物”，与其说是植物，不如说是强行被改造基因，停留在进化的十字路口。它们体型极其巨大，孔雀蓝色的叶片挺立，颜色艳丽，笼罩着整台飞行器，散发迷人香气。

浮空艇的入口打开，一个身穿黄金纹礼服的高大男人在里面向他张开双臂。和他金色的礼服一样，他的长鬈发也是闪闪发亮的纯金色，蓬松得像头雄狮。

“——我来解救你了，伟大的艺术家！”

三文愈发确定这是自己死前的幻觉。他认识这个男人，他的常客，对于濒危植物与生物有着超乎常人的喜爱，普通的工匠根本不敢接手他的委托，只有三文愿意做这类灰色地带的订单。

被士兵抓回去前，三文正打算将他所订购的作品直接通过连线传给他看。在短暂的恍惚后，三文意识到，这位贵客之所以知道自己被抓，是因为当士兵冲进来时，在线影像通讯正在运作，另一边能实时看见这场在逃奴隶抓获直播。

金色礼服有着浮夸的花瓣袖子，随着他夸张的动作不停摆动。年轻的兰德公爵挥舞手臂，指挥属下钳断囚笼，把奄奄一息的三文从里面拽出来。

“这地方可真是……恕我直言，真不是我的‘红扇公主’该来的地方……”他优雅地在鼻子前摆手，试图驱散这地方的恶臭和浑浊。但因为动作太刻意夸张，看上去有种小丑的滑稽。

舱内那种令人目眩的华美布置中，三文根本不知道该往哪里站，但两名穿着白金长裙的浓妆侍女一左一右带起他，在娇笑声中把他推进了舱内的温水浴池。清澈的浴池顿时涌起一团说不清道不明的褐色浊泥，让公爵短促惊呼了起来。

“这么说，老师是从西塔家族出逃的奴隶？啊，太了不起了，令人激动——”

“……不，实在没什么好激动的。”

“为什么出逃？”

“为什么会有‘为什么’……”

飞艇底层是一个百人厅，漫长的餐桌上，只坐了他们两个人。一支机械乐师乐队在旁边演奏着舒缓的弦乐，他们说话的声音在空旷的厅堂内回荡。

对于公爵这个层级的人来说，也许并不能理解奴隶为什么要逃跑。

银河联盟所属的β4星系里，奴隶大多是“原始种”，并未经过新生物基因改良。原始种人类是一种非常畅销的奴隶，容易培养奴性，容易人为促进配种繁殖，智力高，可以从事许多兽族奴隶无法完成的精密工种。

就像三文的父母，“11”和“27”，都是在花园里照顾名贵花草的奴隶。

兰德并不在意三文的身份。收容他人的出逃奴隶也是会被定罪的，但这种小罪名，对这位以玩世不恭著称的贵族来说，不是值得放在眼里的事。

兰德公爵是银河皇帝赐予的一个单独的封号，与之相对的，是类似西塔家族这样的古老望族。他们没有贵族封号，却实际控制着整个银河联盟的商业与民生。

“我喜欢结交各色各样的朋友，不像那个‘药店的儿子’，只会混在商人堆里——会给你提供最好的工作室，我已经等不及看老师的新作品了，你知道禁止流通的濒危植物食象魔王花吗？我搞到了它迷你版的基因……”

这样的对话，终于让三文有了些实感——在网上和他交流的兰德也是这样，把古老望族叫作“某某商店的儿子/女儿”，炫耀自己又弄到了什么违禁物种，很聒噪。

比起风干奴隶的牢笼，兰德公爵身边简直是天堂。他有自己的私人星系，那是 β4 星系最大的私人星系。

如他所说，三文的新生活梦幻般美好——他有自己的小星球，很静谧，大约只有七十名侏儒侍从在上面安静地照顾造景师的起居。每天，公爵派来的运输机会起降一次，送来造景的材料。

从前往溯，他不曾想象过自己会拥有这样的生活。三文的编号是“7”，只是因为上一位西塔家族庄园的 7 号奴隶死了，他继承了这个数字。

父母都是照顾花园中名贵花卉的园艺奴隶。奴隶之中也有等级，他们这类拥有一定技能的奴隶生活在更好的环境里，甚至有的时候感觉不到自己是奴隶——如果主人没有命令，他们一家就平静地生活在那片花海里，那是片巨大的花园，有着一望无际的蓝蝶光草。

——如果不是因为那盆异变色的蝶光草死亡，他们不至于抛弃那片花海，开始在星际间流亡。

美好生活大约过了一个月，公爵亲自来看他。这时的工作室里已经摆满了三文的新作品，他很喜欢微型生态瓶，多年前逃亡期间，他会沿途采些小花草或者小虫，养在水瓶里。看着这些东西的时候，惶恐不安的心都仿佛宁静了下来。

“我想委托你做一个私人定制，这样巧夺天工的艺术品，我相信只有老师能做到。”

是把采集到的宇宙星鲸的基因改良成迷你大小养在宝石瓶里？还是说又弄到了危险品，那种能散发艳丽光芒的瘟疫病毒孢子？

兰德公爵交给他一份资料。材料表并不复杂，基础的碳基生态瓶，适合碳基基础上的各种纲目动物生存……

它是微缩的球体，这个要求也很正常，很多客户喜欢在纯透明的器皿里养漂浮球，只要局部改变重力，就能让它悬浮在瓶中……

大约百分之八十三的盐类电解质水覆盖，利用碳基生物演化特性，自然引导生态瓶中的物种进化……

利用分子重组，把它们进行高度压缩细化，就可以得到一个不断演变的生态瓶。

——三文看到这份资料的时候，神色微微变了。这些年养成的警惕，让他没有直接回答。

“不用担心，这只是在收藏家内部流传的一份图纸。我花重金从一个朋友手里收购了过来，你能实现它的，对吗？”他温柔地望着三文黑色的眼眸。三文有黑色的眼睛与卷发，浅褐色的皮肤，而兰德的眼眸是璀璨的金色。

“工艺很复杂……”

“我会给你配备助手，最高端的设备，优质的材料……”

“我……”

“你能做得到的。你的双手是星神吻过的艺术品。”

他拉起三文的手。因为常年劳作，这双手伤痕累累，和三文本人一样清瘦。

而此刻，三文的眼前并没有兰德公爵——他仿佛回到了几年前，自己在隐蔽处租了一间工作室，刚刚在造景师之中有了些许名气。

在一个晚上，有个特殊的客人找到了他。每个主人给自己奴隶的编号格式都不同，但毫无疑问，这个人也是个出逃奴隶。

那个人也是原始种的人类，裹着漆黑雨篷，浑身都是伤。他的胸口有“FG-712”的烙印，他带给三文一套刻在树皮上的数据，希望三文可以为他，以及所有的原始种奴隶，造一个“应许之地”。

“我不明白你的意思，你走吧，”他说，“我隐瞒自己的身份已经是极限了，不可能收留你……”

“我不是求你收留我，我们都是逃亡奴隶，很清楚彼此的情况……不要问我是怎么知道你的情况的……”

“快走吧。”

“——只有你能再造‘应许之地’！”他的声音微微抬高，将树皮用力推给三文，“那是我们的起源之处！银河的蓝泪……”

那份树皮上的草稿，就是此刻公爵手中的那份。

03

如果追溯原始种的起源，虽然是件困难的事，但是奴隶之间，会流传关于自己始祖的传说。

——原始的人类生活在一颗星神的泪滴里。因为凝结了星神的眼泪，所以他们的世界里充满了痛苦、背叛与悲剧。

他们也被称为“盐人”，意思是由泪水中的盐分形成的人形。脆弱，多病，寿命只有区区不到百年。

人类为自己的命运而悲愤，不愿继续侍奉星神。神明的怒火如岩浆崩塌而下，它为另一个星系的智人指引了方向，让他们将盐人奴役。

但也有另一种说法在奴隶间更为隐秘的流传。

“另一种说法”，三文从未听说过，他的父母也不曾听说过。他们不知道另一种说法的内容，只知道关于原始种的起源还有

“另一种说法”。

在那个夜里，这位不速之客用颤抖的嗓音说出了另一种说法。在 β4 星系中，这是被绝对禁止流传的思想，一旦被发现有奴隶鼓吹这个版本的起源论，他与他的听众都会直接被“处理”。

——那就是，根本没有什么“星神”的存在。

人类就是人类，和 β4 星系的其他高等动物一样，生存在自己的星球上。传说那是颗多变的星球，它的气温在冰封与炼狱之间转换，它在出生时是赤红的，而后变为海蓝。

“他们侵略了我们，奴役了我们。”他说，“然后编出一套星神的鬼话，试图让我们安于奴隶的人生！”

三文明白了树皮上记录的数据是什么——如果将它制造出来，等比例压缩在微型生态瓶里，给予它重力、氧气、光源和水……这就将是一颗被微缩的星球。

假如像男人所说，它是原始种始祖所安居的星球，它也能将适合 β4 星系的原始种奴隶生存，只要这些人使用分子重构技术，把体型等比压缩到微小，再使用凝胶胶囊，投放到生态瓶里的星球上……

它能容纳多少人类？二十亿？七十亿？一百亿？整个 β4 星系都只有五千万左右的旧人类奴隶。

一个微型生态瓶，在完全密封的环境下埋于土中，在三文的技术加持下，它的寿命几乎等同于它所在的星球。

男人匆忙离开。他的身影消失在雨幕中，而三文仍然呆呆地看着他所留下的东西。不久，街角突然响起一声枪响，他惊醒过来，死死关上了门。

现在，公爵希望他再造一个这样的生态瓶。

这是故意的还是巧合？三文想找理由推掉委托，这件事让他如芒刺在背。

“我希望你能……争取一下？”

“太困难了，我做不到的。”

“三文，你和我说过，你的父母是整个星系最好的园艺师……”

“我做不到。对不起。”他稍稍退后一步，因为兰德做了那个标志性的张开双臂的动作。三文很警惕和人的肢体接触，逃亡的那些年里，因为奴隶在外貌上与新人类的差异，他不可能与任何人近距离接触。“我可以离开这里，如果您不满意的话……给我些时间收拾东西……”

接着，他看见兰德的笑容消失了。

金色的如眼光般温暖的笑容消失了。两名侍女无声无息出现在他身后，用巨大到不可思议的力气拧住他的胳膊。

“送他去脑科处理站。”兰德花哨地摆了摆手，让她们将他拖走，“保留他专业技能上的记忆，抹掉其他的记忆和人格。让他们小心前额叶，不要再造出一个痴呆。”

飞行器已经事先等候在远处的草坪上。三文意识到这是个早已酝酿好的计划，无论如何，他都没有答应之外的选择。这台飞行器里有事先准备好的束缚架，不管他怎么挣扎，两个侍女都面无表情地将他按在台子上，在他身上缠满束缚带。他抓破了其中一个人的手臂，华丽的蕾丝礼服袖破了个大口，雪白细腻的皮肤下，是仿生人皮肤的银色底层。

确认囚犯已经无法挣脱，飞行器缓缓启动浮空。他被盖上了麻醉剂吸食罩，很快失去了意识。

昏沉中，三文隐约听见了炮火声。

但麻醉剂的效力强悍，使得人无法醒来；他沉沉睡去，直到闻见一阵清凉的气味，从昏睡中苏醒过来。

四大罗教堂，是一座已经废弃的多神教礼堂。β4星系崇奉星神，早年是以星神为主神、其余神明为辅神的体系，在这两代已经演变成了单独对星神的崇拜。

四大罗教堂还在使用时，殿内一共有七十二位神明，以立体投影的光分子塑造出圣光般的神像。废弃后，所有的投影设备都被关闭了，殿内昏暗一片。

原始人类反叛军就以这座荒野星球上的废弃圣堂作为根据地。

他们自称“祖”，接收并营救各个星球上出逃的奴隶。按照首领的解释，他们锁定了运输三文的飞行器，原来以为是运输贵重物资的飞艇，没想到意外将三文救了回来。

“祖”资金来源的本质就是星际劫匪。

三文讲述了自己的身世来历。当说到那个编号为 712 的出逃奴隶给予自己树皮书的时候，众人都露出了诧异的神色。

“你认识 712？”他们都激动了起来，“他是我们的‘学者’，醉心于追溯原始种的真实历史，他一直相信有那颗属于我们的星球，并且在计算还原它的各项数据！”

——就在造访三文后不久，712 被追逐他的士兵击毙。他的几个临时居所也被搜查出来，从里面找到了许多关于“原始星球”的草稿。

“祖”的首领康，是一个身材极为高大健壮的女人。她没有左臂，整张脸有三分之一的皮肤被人活活剥掉。从那些肌肉线条上能看出她的战斗力，但从她的眼神中，三文能感觉到她并非莽撞冲动的人。

康思索了很久：“也许你的被捕，是因为 712 留下的残余草稿，被银河联盟的人彻底破解了。”

“原始星球”一直是一个传说，它很显然已经不在了，否则，β4 星系的原始种人类不可能卖出如此的高价，他们可以直接前往那颗原始人类的星球不断捕获奴隶回来卖，售价将会降低许多。

尽管可以克隆——然而人类基因中的零度点导致克隆人的后代将自带朊病毒，克隆人的次代只能拥有几天的寿命，然后就会因为朊病毒发作，扭曲痉挛死去。

旧人类奴隶的繁育只能靠自然繁育或者强行指派配种。就算用上最高浓度的营养剂，孕母的可产胎儿数也是有限的。

但假设 712 还原出来的原始星球数据是正确的，根据这个数据，能够再造一个适宜旧人类生存的星球，让他们在上面自然繁育……这就等同于拥有了一个巨大的人类牧场。

他们击毙 712 时，只以为击毙了一个普通的出逃奴隶，直到草稿内容被破解还原，这些人突然意识到这个人可能隐藏下来的巨大财富。

于是，712 生前所有的足迹都被重新调查，而三文的工作室则首当其冲。

三文想象了一下那个场景，觉得很矛盾。如果产量增加，就意味着奴隶的贬值……

"他们根本不会把牧场里的人类都拿出来卖。让人类在牧场里自由繁育，出产的个体增加，其中优秀的个体数量也会增加——他们只需要把其他的残次品销毁，只保留一批优秀的种，再次进行优选培育。"康说，"这样，只让最优秀的个体流到奴隶市场上，优质品可以卖出高价。"

康希望三文能造出 712 留下的图纸，这样，他们就能把逃亡奴隶送入这个生态瓶中，躲避追杀。

可三文还是认为工艺太困难了，无法实现。

"你试过吗？"

"我只试过一次，塑造雏形的时候就放弃了。它的地心供暖、大气层的含氧量和水分、大气层对光线的曲折度……不可能在一个微型生态瓶里完成。"

"你应该再试试。我们有设备。"

三文笑了。他的第一套设备，是继承自一个独居无后的造景师。老人并不介意他的身份，偷偷收留了他，并且教会他如何使用那些设备，比如基因转录机、分子重构机……这只是普通的造景师所能拥有的配置，而兰德公爵提供的设备，更加是一个天文数字。

他并不认为叛军根据地也会拥有同样的设备。直到康让人带他前往了一间仓库——这间仓库里，堆满了各种崭新的仪器。

04

没人告诉他这些仪器是从哪来的，为什么一个叛军根据地要备这些仪器。机器的标识和品牌都被人仔细擦掉了，完全看不出来源。

三文被留在这间仓库里，他还未完全信任这群人；康明白他的心情，每一个被他们救走的逃亡奴隶，都会在感激之外表现出不安。

"为什么你们会有这套设备？"

"一位慈善家的资助。"

"β 4 竟然有慈善家？"

"事实上那位慈善家说……"

康的话只说了一半。她欲言而止，好像在考虑要不要把剩下的事情吐出来。就在这时，外面响起了警报声。

“经常的事。”她笑着用右手拍了拍他的肩，挎上激光枪的背带，“几乎每隔七天，他们就会试图攻打我们所在的漂浮星体。”

康离开了仓库。警报声依旧没有停止，而且，他已经能听见远处的炮火声，正在渐渐接近。

就在三文考虑是不是出去看看情况时，仓库的门打开了，从外面冲进来许多反叛军的人。康也在其中，她让三文收拾东西和他们走，说明这次的袭击并不一般。

“是银河联盟的正规军……”

“从前只是附近几颗小星球的主人派来的私兵！”

“他们有战舰！怎么会突然派出战舰？！”

……

嘈杂声中，康带着他们进入地下。那里藏着他们的逃生艇。

“并不是第一次在重火力下被逼转移了，”她喝住那些慌乱的人，“启动飞船，我们必须一起走！”

逃生艇是一艘小型战船，载着他们离开了根据地。就在他们离开后不久，银河舰队的战舰碾碎了“祖”栖身的小行星。

“他们为什么会出动‘巨兽’？我们值得‘巨兽’启动一次的能耗吗？”

有人问了这个问题。不知是有意无意，三文感到康看了他一眼。

他们的飞船被“巨兽”所追逐。“巨兽”是银河联盟中的星级战舰，拥有能正面碾碎一颗小行星的重量级。这根本不是同一个吨位的战斗，就算利用小型优势调转方向，他们也难以逃脱联盟的包围圈。

“自爆！”有人高喊。

“自爆！自爆！”

附和的人越来越多。这群曾经的奴隶宁可启动自毁系统，也不愿被关入那些圆形囚笼活活渴死。

康同意降落更多小型求生艇，让那些不愿意随飞船共存亡的人逃脱。没有人愿意走，大家宁可在一起度过最后的时光。

突然，下方显示有巨型舰队正在快速逼近。

对于他们来说，这无非就是新增加的追兵，但对面的舰队却迟疑了，因为，新加入战局的舰队向各方传送了所属信号。

“西塔生物制药银河联合集团……”

听见“西塔”的时候，三文浑身的寒毛都立了起来。没人知道为什么一个制药集团的舰队要在此刻进入战局，尽管它是β4星系最大的生物研究集团，最古老的望族之一。

银河联盟的决策席有三成归属于西塔家族，所以当接收到西塔的信号时，“巨兽”停止了碾压。

他们的飞船也在之后接收到了一条单独的信号。

“康，不要启动自爆。”

——是那个男人的声音。

一架小型飞船升高到与他们平行，进行廊桥对接。康打开了入口，门后，站着三文极其熟悉的身影。

——上次见面，这人还是跟士兵一起来工作室指认出逃奴隶“7”……

约休·西塔走到三文面前，银白的长袍拖曳在地。老样子，用那种厌恶的眼神盯着三文，好像面前是一块爬满了苍蝇的腐肉。

三文本能地往康身后躲；紧接着，他听见约休冷冰冰的声音，问了一句他始料未及的话。

“——明明给你留了食物和水，为什么要跟着那个兰德家的变态走？”

那些东西是这个人给自己留的？

三文一直以为是公爵事先让人送来的，好让自己有体力支撑到夜里。毕竟，在白天大张旗鼓进入囚犯区救走一个奴隶，未免也太张扬了。

“是我！”约休一向保持平静优雅的声音顿时激动起来。几秒后，似乎意识到自己的失态，他清了清嗓子，“……没时间废话了，跟我走吧。”

三文看看康，眼神警戒。

约休深吸一口气：“那些设备用得顺手吗？尽管似乎没用几天就遭遇了袭击……”

面对三文震惊的眼神，康点头：“是他提供给你的设备。只是嘱咐了保密。原则上我们不会接受奴隶主的礼物，但……”

“但我给得太多了，你们这群乞丐。”约休不耐烦地打断她的话，“让我把他带走。你们愿意自毁就自毁。”

“他经常这样说话。”康和三文解释，“但每次都会提供给我们资金。”

“——够了！我只是做慈善避税！”

“给反叛军提供行动资金似乎不能算是广义上的慈善。”

约休重重拍了一下舱门：“没时间闲聊了。家族中身处决策席的人正在拖住舰队，我不保证那群废物能拖多久！”

“他其实挺以家人自豪的……”

舱门又被狠狠砸了一下：“康、女、士——”

“我不会和他走。”三文彻底躲到了康高大的身躯之后，“我不想再回去当个奴隶。”

听见他的答复，约休的脸抽搐了一刹那，让那张完美无缺的面容似是瓷偶崩裂：“……很好。”

“你走吧。”

“你以为我会求你跟我走？你们跟这艘破船一起变成宇宙尘埃吧！”

……

十五分钟后，两人坐在西塔的单人飞船里，很久没人说话。

“祖”的逃生船就在眼前自毁，在黑色太空中炸开一朵艳丽烟花；看着那团火光，三文终于出声了。

“你为什么会跟反叛军有接触？”

约休没有说话，只是看着手里的一个微型生态瓶。

“……是觉得我们一家会被他们救走吗？”

“没有！”

“……”

三文静静看着他。三文的眼睛很大，占据了脸部很明显的比例，被这样一双眼睛看着，让人难免有些不安。

不知过了多久，约休轻声说：“我那时太小了。”

“哦。”三文只有这一声回答。

“我怕被父亲责备，也怕被人知道自己去找园丁的儿子玩……”

一声轻响打断了他的话。信号来自银河舰队，他们想和西塔家族的约休少爷进行交涉。

——舰队的人怀疑西塔接走了“祖”组织的人，申请登船搜查。虽然可以强硬拒绝，但恐怕会闹出更大的动静，西塔家族内部关于继承权的争执从未停歇，任何风吹草动，都有可能影响约休继承族长之位。

片刻后，士兵登船搜查。在对船舱进行彻底的搜查后，他们确认，这里没有任何多余的人。

05

约休回到了西塔家族的星球，他拥有其中一颗环游星，叫作“冠冕”，因为它环游主星的轨迹形似王冠。

他告诉仆人，自己在私人研究室有很重要的工作。庄园在地下有一座设备齐全的研究室，供他开展私人研究。

确保所有的入口都被关上、没有闲杂人等能出入后，他将那个生态瓶放在分子重构器内。大约五分钟后，传输器的舱门里传来人声。

他再次凝视着生态瓶。这个生态瓶的外表并不特殊，它中间有一颗悬浮的蓝色球体，上面有液体流动，外层包裹薄如琉璃的气层……

——就在飞船中，三文利用临时的分子重构器，将“祖”成员以及自己进行微缩，裹入水凝胶囊，送入了这个生态瓶里的球体。

那个叫712的奴隶，银河联盟破解了此人留下来的草稿，证实了传说中原始种生存的星球也许能被推演复原。

为了得到更多线索，银河联盟继而调查了这人生前足迹，意外抓获了三文——起初只以为出逃奴隶收容其他的奴隶，和西塔进行简单通气与指认，就将三文投入了牢笼。

再然后，就是在三文工作室里发现的那个“雏形”……

验证雏形的可行性，花费了专家与系统的几天时间；结果就是，三文在工作室里留下了一个灰色雏形，那个东西完美还原了712笔记中的数据，只要给予动能和光源，那颗传说中的星球就能在生态瓶中再现。

——地球。

这个名词已经被抹去了十几万年，只有β4星系的高层知晓它从前的真名。

名叫三文的奴隶居然能够还原出微缩地球，联盟开展了针对此人的搜查——三文从牢笼中被兰德公爵救走，下落不明。

“兰德有皇族那边的内线，知道712手稿的事。他想先行占有你，这样，地球资源等于被银河皇族垄断，而不是联盟。皇族贵胄和联盟巨头之间的博弈已经到了白热化，谁都不能错过这个机会。”他晃了晃生态瓶——三文看见这个动作，发出了无声的心疼呼喊，“如果让他们知道你已经把地球还原了出来……”

康的提议很简单，却最实际——他们藏身于这个生态瓶，回到生态瓶中的“地球”生活，而生态瓶本体则永远留在这座庄园里，没有比这里更安全的地方了。

约休冷笑：“你们怎么就确定，我不想要独占这个资源？”

“你吃不掉它。奴隶贸易本身就是恶，一旦将这种恶彻底释放，提供无穷无尽的人类奴隶，这个制度将迅速失控崩塌。”康表情冷静，“不要去打开这个魔盒。”

从之前接触下来的记录看，康并不觉得约休是个对奴隶有敌意的人。这个人与β4星系的其他新人类不同，对于原始种人类有着更为友善宽容的态度。

“康和其他人进去吧，我不想进入自己的作品里。”三文说，“我和约休……”

“——约休‘少爷’！”

“我和约休会应付那些联盟的人。西塔家族的约休已经被盯上了，就算藏在生态瓶里，麻烦也不会结束。”

这个决定很神奇。三文如果被联盟发现，就会重回奴隶身份，一个专门制造地球的奴隶。联盟不会因为他的特殊手艺就善待他，智能机械只要花几小时就会学会他的所有技巧，在那之后，三文就彻底没用了。

“祖”成员被送往生态瓶里的地球。三文平静地看他们被分子化、传输、消失，然后，实验室的通讯器亮了起来，主星上，约休的父亲希望请儿子过去谈话——关于今天与银河联盟发生冲突的事。

约休看着通讯器亮起来，再熄灭，就像眼里的光芒也熄灭了一样。他听见三文说：“我知道你是冒着什么风险来救我的。我很感谢你。”

“……你不知道。不仅仅只是被父亲训斥。”

“我一直都知道。”

约休嗤笑。而三文继续说：“——‘约休少爷’有很多个，很多很多个复制品。虽然人类的克隆会遇到基因的零度点，但是培养皿婴儿可以一次性造出无数个。”

换而言之，西塔家族有几十个“约休少爷”。

他们有相似的容貌，相似的体态，甚至是性格。因为都是利用同父同母的基因进行人工结合造成的培养皿婴儿。

从里面选择出最优秀的孩子，任命为下一任家主。至于其他的“残次”，为了防止继承人战争，都将被送入处理室，瞬间高温汽化处理。

“我都知道。你们从小就会进行基因改良，有些先进技术不敢直接用在你们身上，会以我们作为实验品——大概五岁时，我被送入过西塔家族的实验室经历过一次实验，那次，有一个‘约休’正被送入处理室。”他说，“进入处理室的前几分钟，那些人暂时没管他，在调试设备，我偷偷与他说了会儿话。”

三文相对比较幸运，那次实验没有在他身上留下什么后遗症，实验结束后，他被送回了庄园中的花园。过了一段时间，有天早上，他遇到了来花园中玩的约休。

奴隶被教育不许主动与主人们说话，但是那天，约休看见这个男孩越过花海朝自己跑过来，很高兴地看着他，明亮的黑色眼眸大而圆。

约休时常会来找他玩，这些事情必须保密，不能让别人知道。孩子的秘密聚会持续了很久，直到那盆名贵的蝶光草因为护理不当而枯萎，三文的父亲决定带家人逃亡。

“……是我碰翻了那瓶花药。”他轻声说，“那盆花瞬间就枯萎了。我知道自己闯祸了……尽管只是一盆花，但家庭教师都会告诫我，西塔家的孩子只要犯过一次错，就会‘消失’。”

三文坐在一旁，轻轻转动手里的生态瓶。因为他的体温，生态瓶里处于冬季的北半球迎来了短暂的暖冬。

"所以我跑开了，我听见你在背后叫我，但我不敢停下……第二天，我听说你们一家从庄园逃亡消失。你的父母……"

三文微微抬起眼，摇了摇头。约休明白了他的意思。

和那盆花相比，今天的约休闯了一个更大的祸。他会去和父亲谈话，承认自己做的事，然后被送入处理室。在此之前，他还要想办法安排好三文的逃亡，他不明白，三文为什么不愿意进入自己的作品之中。

"因为……我利用催化剂加速过生态瓶的时间。我已经看过它的一次末日了。"

"是什么样的？"

"总之就是那些……战争啦，背叛啦，痛苦啦……和传说中'盐人'的背负，有些相似。"他的声音里带着些许躲避，显然隐瞒了某些事，"说回你吧——你真的打算就这样……呼，变成一股烟了？"

"一瞬间的事情而已。"

"不逃吗？"他问，"就像当年一样，逃。"

约休愣住了。忤逆父亲，背叛家族而逃亡，这是他从未想过的事。

三文将生态瓶小心翼翼收入口袋里，站了起来。他觉得约休很可笑，就连奴隶都有逃的本能，这群自诩为高等生物的新人类居然只会坐以待毙。

半小时后，一艘高速冲锋船从地下缓缓升起，载着他们飞离西塔家族的私人星系，逃亡β4星系的边界，目的地是三个星臂外已经黯淡的小太阳系。这片黑暗星系，将成为他们最大的掩护。

06

在冲锋船刚离开西塔家族私人星系的时候，就已经接收到了联盟的追踪信号。

不仅有联盟的，还有西塔家族、银河皇室……

反正都已经闯祸了，真的闯到这个级别，反而感觉不到害怕了。两人挤在驾驶舱里，这种冲锋船是舍弃了一切多余功能，单纯以高速作为优势的飞船，星光呼啸而过，将那些追踪光点远远甩开，两个人都起了些莫名的兴奋，不停讨论到底去哪。

是去小太阳系还是旧太阳系？要不要穿过星尘团？……

就在此刻，突破旁边的黑雾，一艘造型浮夸的冲锋船居然追上了他们。根本不用看信号，光凭那花里胡哨的外表，就知道是谁的飞船。

冲锋船和冲锋船的对决，往往要比战船更加惨烈。为了减轻阻力，这种飞船没搭载重武器系统，只能靠最原始的冲锋，直接撞断对方的船体。

兰德公爵的船直接向他们冲撞而来，伴随剧烈的震荡，约休的飞船有八分之一的发动系统休眠，进入自我补救程序。

震耳欲聋的信号波从那艘浮夸的飞船上传来。

“——我亲爱的老师是不是在你这个药房儿子的船上？”

看见约休的眼神，三文知道他要做什么，但是阻拦已经来不及了——从小时候就这样，这家伙做事并不是很计后果。

他们的飞船调转船头，对准兰德的船面对面撞了过去。一阵巨响之后，华而不实的外舱装饰被撞得粉碎，露出里面加厚钛合金的防护板。

“我再说一遍，药房儿子，不要、阻止、老师、成为拯救我们的圣人！”

“他说你是圣人。”约休有些无力地转达这句话。

“我就算戴着耳塞也能听到。”

——从拯救银河皇室这个角度，确实可以算是圣人吧？日渐式微的皇室对联盟逐渐失去控制力和威望，必须要靠垄断优质奴隶贸易来进行弥补……

破裂的飞船开始解体。就算没有这场撞击战，它的能源也支撑不到离开星系。

三文坐在旁边，没有惊恐尖叫，也没有埋怨。他似乎能明白约休的意思——约休想弥补曾经失去的一些东西。

这个人丢开控制杆，把所有设备都调整为自动模式，尽管控制屏上是一片血红的报错。

“这些年，我一直在找你。”

“我知道。”

“联系了叛军，以防你们一家投靠了他们。兰德想运走你的时候，也是我告诉康，让她带人拦截你。”

“大概……勉强……可以相信吧。”

约休瞪了他一眼，继续说了下去。

“——我只有你一个朋友。”

“你应该有很多门当户对的玩伴。”

“那些不是。我不能在他们面前大笑、跌倒、大哭。在他们面前，我什么都不能做。”他难得笑了，盖住了三文伤痕累累的手，“对不起。”

兰德的船背后是皇室舰队，在后方，联盟舰队也包围了过来。他们并非真的为了优质原始种交易的财富，只是为了通过这一点，争取更多权力的高地。

“你知道我现在想说什么吗？”三文忽然抓住他的手，放在某个红色按键上。

约休呆住了。

“——自爆。”

在双方浩瀚舰队的中间，这艘被撞烂的冲锋船乍然爆炸，火光绚烂。

没人注意到，就在爆炸前，一个只有拇指大小的生态瓶被自动弹出舱外，在无重力的宇宙中飘浮、飞远，无人注意到这颗微尘。

尾声

无名海峡。

三文蹲在雪白的沙滩上，呆望着远处没入海中的巨兽。那是一种叫作龙王鲸的古代种，之后的海洋里，还会出现沧龙。

恒河猴与尼罗鳄都已经在此时出现。鲸类出现，然而巴基兽似乎从演化树上失踪了……

也许是因为生态瓶被弹出时发生的震荡，还有外壁的轻微碎裂吧。这颗地球上的生态出现了巨型紊乱，它没有温差、昼夜，也就意味着，它的新陈代谢是停滞的，无法维持一个纪。

玄武岩的山上——玄武岩也不该在此刻出现在这里，它不该暴露于海边的地表……三文这样漫无目的地想着，转向了山上那个不断呼喊的人。

约休的手上拿着一个拇指大小的生态瓶。

“你到底怎么确保我们一定能找到生态瓶？我在你给的坐标附近的石头堆里找了半个月！”

“我没有确保过……随机性太大了。”

“总之找到了。天啊，里面真的还有一颗地球！”

——在最初造这个生态瓶时，三文有种不安感。

这个瓶子一旦打碎或者衰变，里面的星球也会随之灭亡吧？

既然这样，如果像套娃一样，在这个生态瓶的地球里，再藏入一个一模一样的地球生态瓶呢？

先造一个地球生态瓶，再进行微缩，作为零件，放入新的地球生态瓶里，再进行微缩……如此周而往复。

这个地球“套娃”里，三文一共放了……

五十七个地球。

这个小瓶子里的地球，里面还有一个地球。就算外面的地球灭亡，里面的小世界仍然存在。

约休拿起它，对着阳光看。忽然，他又叫了三文。

“——除了你制造的光源，它里面似乎还有其他的泛光体……”

“是特殊版吧。”

“特殊版？”

“有些玻璃瓶尺寸比较大，就不想浪费空间，随便造了点其他的星球进去。反正确保地球是优势天体就可以了。”

“这里面的星球有……九个啊。真是挤，光源不够，其他星球没办法衍生出生物吧？”

“是啊，很可惜的。”

“你看过它们的末日吗？”

两人肩并肩躺在沙滩上。三文的身子陷在柔软的白沙中，好像睡在一朵云上，飘离那些所谓的末日。

他都看过。

使用催化剂进行年代催化，可以看见每个星球的生物树虽然有微小分歧，但都遵循一个共同的规律，而人类，也在这种必然的规律上诞生。

他们疯狂繁衍，学会了集体行动，学会了集体优势，从这一刻起，这颗星球的命运就注定了。

智慧高度发达，开始从无我到本我，最后进入到超我认知；从数学到物理与化学，开启了热战争与医学研究……

开始基因研究时，人类同时开启了天堂和地狱的门。它们想拥有更优秀的后代，不断对基因进行人为干预和优化……

最终，在某一代，基因的人为干预达到了临界点。有一批极为优异的个体生成了，他们的容貌特质更为稳定，耐病，健康，高智商，拥有两百年左右的寿命……

他们成了“新人类”。

人类的精英们迅速垄断了这种基因改良技术，专注改良精英阶层的后代基因。新人类与旧人类的差距越来越大，终于，新人类凭借尖端科技与巨额的社会资源财富，展开了对旧人类的奴役与清缴。

没有什么“盐人”和“星神”，没有什么受召唤而来的高等级人型外星生物……

地球在新人类与旧人类的战斗中迎来寿命的终点。拥有成熟曲速技术的新人类能够突破星系的空间限制，于是，他们搭载飞船，带着一批旧人类奴隶，离开了渐渐熄灭黯淡的地球。

被他们选为新家园的星系，就是 β4。

End

人格测试

PERSONALITY TEST

其实你是创世神留在这个世上最后的保险，你有什么想法？

- A. 骗人是不好的（+5）
- B. 世界不睡我不睡？（+3）
- C. 这个世界由我来守护！（+2）
- D. 不必了吧（+1）

审判裁定：▸▸▸ 剥夺幻想能力，观测一年。

[贩梦者]

贩梦诉求：唤醒因被梦境伤害陷入昏迷的爱人。

危险程度：▸▸▸S

ID：F-004

贩梦者

钟意你

梦想是做一条可爱咸鱼，吹风晒太阳，每天都在为此而努力。微博 @ 钟意你 -y

01

我，陆希宁，人界第一小可怜，体弱多病，无父无母，能活到十八岁全靠好心人资助。

在我走投无路之际，我在市中心的一家咖啡店门口看见一则招聘信息：万事有我咖啡厅诚招店长，无任何技术要求，包吃住，年底分红。详情请进店细谈。

哪怕这个招聘看起来极其不靠谱，我冲着包吃住这三个字毫不犹豫地走进店里。

“您好，我来应聘店长。”我咧着嘴冲着吧台里的那群人露出略微讨好的笑容，就差把“求收留”三个字写在脑门上。在看清那群人的面貌之后，我的笑容有些凝固。

正中央的那个男人，穿着精致马甲衬衣三件套，留着一头齐肩金发，狭长的丹凤眼配上挺立的鼻梁，他笔直地站在那里，拿着一块布小心擦拭手里的咖啡杯。我寻思着他这个样子，特别像我见过的中世纪贵族绅士画像。

他旁边是个看起来只有十来岁的少女，少女梳着花苞头，穿着一身我认不出朝代的掐腰长裙，腰部以下的部分，层层叠叠绣满栩栩如生的桃花，一看就是重工制作。我在心里估算着这条裙子放在古装店里能卖多少钱，最后得出结论，这肯定是富贵人家的孩子。

吧台里还有个小男孩，孩子是个好看的孩子，就是脑子可能有点问题，他站在装满水的鱼缸里，水漫过他的小腿。鱼缸非常小，男孩的大脚趾微微翘起，抵在鱼缸上。

靠近楼梯处有个摇椅，里面躺着个身穿红色长裙的大美人，美人撩撩长发，冲着我一笑，倾国又倾城。这四个人单看每一个都赏心悦目，凑在一起却有种说不出的诡异感。

美人开口："来了个面试店长的妹妹，伙计们准备干活了。"

我隔着老远一段距离都能闻到馥郁的玫瑰香气。

金发男放下手中的咖啡杯，从柜台里掏出一个笔记本，他吹了吹上面的灰，接着从收银台上摸出根笔。看着这种近乎原始的登记条件，我有种不太好的预感。都21世纪了，这办公方式也太文艺复兴了吧。

"姓名。"

"陆希宁。"

"哪个希？"

“希望的希。”

金发男皱着眉头，在笔记本上写写画画，接连涂了好几个墨坨之后，他干脆把笔记本和笔都推到我面前，让我自己登记。

我填上自己的姓名和年纪，填到本体那一项，有点摸不着头脑。

“这个本体是什么意思？”

金发男还沉浸在自己可能是个文盲的悲伤之中，鱼缸里的小男孩替他回答了我的问题：“就是你修炼之前的原身啊，我的本体是条鲸鱼，我变给你看。”小男孩话音刚落，身体迅速缩小，砰的一声变成一头蓝色的鲸，身子塞满了整个鱼缸。他努力转了个身，朝着我吐泡泡。

橱柜上那块年久失修有些松动的玻璃，彻底被我的尖叫声震碎。

“她本体不会是个唢呐吧？”鲸鱼变回小男孩，捂着耳朵和古装小姑娘吐槽。

我本能地撒腿就跑，可我就像是上了一台高速跑步机，无论怎么努力，还是在原地打转。

我深吸一口气，腿打着战缓慢转身。没关系，早死早超生，被这群妖怪吃了也没关系，尘归尘土归土，只希望我下辈子投胎别再做人。

转过身之后，我发现一面铜镜立在我面前，可镜子里的并不是我，是一根白骨，白骨周遭散发着金色光芒，看着很像一只鸟，又像是虚无的风。我一时间不能接受自己是根骨头的事实，两眼一黑晕了过去，在我倒下之前，我看见镜子变成那个穿着古装的小姑娘，以及向我围过来的众人。

02

我的脑子里一瞬间闪现出无数画面，一只展翅时遮天蔽日的大鹏，扶摇而上九万里。一个只有背影的男人，负手立身于一叶扁舟之中，风休住，篷舟吹取三山去。

我认出他是陆执，我记得他的名字，可我不记得这个人。我还看到一团风，我为什么会看到一团风？

一团风围绕在男人四周，她吹动陆执的衣襟，吹乱陆执的束发。可陆执岿然不动，风好似顽劣孩童，开始搅动扁舟下的深水，然后炸起一条又一条无辜的大鱼。这些鱼像炮仗一样冲出水面，在空中翻转盘旋，等那团风玩累了，再一抽身，这些鱼又噼里啪啦砸回水里。飞来飞去多没意思，风无时无刻不在飞行，可炸鱼的机会并不多，有些鱼你今天不炸，这一别就是一辈子。

水天交接的那一线，仙雾缭绕，水位突然升高，呈龙卷状将扁舟托起，陆执伸手朝着虚无处一抓，随后将一团风塞进怀里，舟随即又落回水面。那团风并不安分，在陆执胸前四处乱窜，把陆执的衣服统统鼓起，谪仙一样的人看着像个发面馒头。

陆执有些晕船，准备压一压这股恶心的感觉。气沉丹田运功之际，一团风从他鼻子钻进去，蛮不讲理地把内力死死压回去。陆执的表情终于有了变化，他嘴角僵硬地抽搐，把那团风吐了出来。陆执问风能不能借把力，让船走得快些，风一点也不配合，自顾自玩着。世界上最难熬的事情莫过于捷径就在你眼前，可你该走的弯路一毫米都不能少。

好不容易到了地点，陆执一拂袖，扁舟化作木簪插回束发之中。空无一人的宫殿清幽素净，陆执闭眼打坐于正殿之内，那团风眼下得了自由，对这个新奇的地方好奇不已，开始肆无忌惮地观光游览，只是快活没多久，就被陆执捉了回去，陆执把她放进空沌瓶中，随后掏出玄铁之刃插进腹部，伸手在血泊中取出肋骨。那团被束缚在空沌瓶中的风开始横冲直撞，瓶身与桌面相撞，发出急促争鸣声。

陆执撑起身子，把肋骨放入空沌瓶中。神鸟血是大补，可促修为直接突破天阶，虽然这个小祖宗有洁癖，但是血不能白流。这样想着，陆执用最后一丝力气把血凝成球，统统砸进空沌瓶中。

等到陆执醒来，身旁趴着一个少女。

成功了。用肋骨给风化人形，成功了。

陆执给少女起名陆希宁。希望她安宁顺遂。

03

"我是一阵风，然后有个男人用肋骨给我做了身子？这个大兄弟是谁，我上辈子是不是他救命恩人？不然他犯不着这样报恩啊。还有这个男人是一只鸟？你们老实告诉我，我是哪路神仙，这辈子这么凄惨，只是为了下凡历劫？"

我刚一清醒，立马叽里呱啦扔出一连串问题，还有什么比凄惨过活了十八年，然后发现自己是神仙更开心的事情呢？我是一阵风欸！来无影去无踪，多么炫酷，多么与众不同。但是东西方神话体系当中有风神吗？看陆执的打扮我应该是东方的神，不知道雷公电母是不是我的同事。

可再一联想到我身处的位置和这四个人的打扮，我有些笑不出来，我应该在博物馆里，再不济也是出现在百年茶馆、古董店这种地方吧？怎么会在咖啡屋里觉醒。再说这四个人，穿着西洋服的金发男人、穿着吊带裙的大美人、一个古风妹妹加上一条脑子不好的鱼，这是什么中西结合的诡异搭配。说到这四个人，我才反应过来我问题提了一大堆，没一个人回答我。

我一抬头，撞进四双一言难尽的眼睛里。他们一副欲言又止的样子，让我意识到事情并不简单。

金发男环顾同伴，剩下的三个人在与他视线相交的前一秒立马扭头，一副大难临头各自飞的样子，冷漠得让人落泪。金发男认命地开口："你和陆执，你们之间有着很深的羁绊，总之就是一个这样那样再这样的故事。"

"我时间多，你展开了讲，那样这样是哪样？"

"老板的事情我们怎么知道？与其关心上辈子的事情，不如考虑一下眼前的困难。"

金发男接下来的话犹如晴天霹雳，让我明白人生之路必定满是荆棘。

陆执用肋骨为我筑身，用血为我突破修为。可我本身没有仙根，也不属于六道之中，陆执是在强行给我逆天改命，这种行为是要遭天谴的。但是好在天无绝人之路，陆执和天地之主有些交情，不知道他们之间做了什么交易，陆执从仙界除名，成为时空穿梭者。

每一百年为一个时空，在时空开局的前二十年里，陆执如果找不到我，那么他将孤独地度过一百年，像寻常人一样经历生老病死。

这是什么感人肺腑的虐恋情深，作为另一个当事人，我在感动之余更多的是震惊，我何德何能担得起这份感情。我有些不好意思地挠挠头，这种对方为我付出生命，可是我却什么也想不起来的感觉并不好受。

陆执已经这样度过了五十个时空，在漫长的岁月里，他学会了发扬群众的力量，不再一个人单打独斗，他开始努力融入社会，投资五花八门的行业，招揽各种奇奇怪怪的人当店员，然后张贴只能让我一个人看到的契约招聘。

陆执这种作弊行为很快也翻了车，他开始陷入长时间的昏迷之中。

有一个办法能让他醒过来，那就是用灵石和月神交换提神醒脑桂花酿。

到了眼下这个地步，我已经明白我和陆执的命运交织在一起，哪怕我并未完全想起我们之间的过往。

“那个灵石，要怎么样才能搞到？”我向金发男提出了最关键的问题。

“首先你要努力经营好咖啡屋，做大做强，创造辉煌。打响知名度，成为网红店，让人类帮我们免费宣传，这样那些有需求的非人类才能知道我们的存在，来找我们合作，完成他们的任务，就能得到灵石。”

虐恋情深突然转向店铺经营，我有些迷茫。但是我听明白了，想要搞到灵石，首先要搞定普通人。可是这个咖啡屋完美诠释了什么叫金玉其外，败絮其中。只有那个大门看起来金碧辉煌，里面破败不堪，丝毫没有竞争力，这要是有消费者进来，肯定要骂一句诈骗。俗话说人靠衣裳马靠鞍，要想赚，先装修。可装修也是要钱的，我两手空空，但凡兜里还有一块钱，我都不会沦落到今天这个地步，我上辈子可能不是风神，是散财童女。

“我有一个问题，变有钱很简单呀，我们是神仙啊，点石成金这种基础法术总会的吧？”

“你不要痴心妄想。”金发男的话浇灭了我最后一丝希望。

“那我们怎么挣钱？”

“你是店长，听你的安排。”

我当年上学的时候，老师说过这样一句话“你所学知识的百分之九十看起来都是没用的，可在未来的某一天，你辛苦耕耘积累的那百分之九十，可能会回报给你百分之百的硕果。”

老师诚不欺我，我为数不多的经营经验，都来自电脑课上玩过的那几个网页小游戏，感谢义务教育给我提供的宝贵机会，感谢我多打的那几把游戏。

04

我统计了现有资源。万事有我咖啡屋里有十副缺胳膊少腿的桌椅，三个立柜，其中一个的玻璃被我的尖叫声震碎。一套高级咖啡制作工具，一些锅碗瓢盆，除此之外还有一大片玫瑰。

我还有四个员工，古风小姑娘叫桃落，本体是面镜子，她目前的修为能照出本体，虽然还能照运势，但是不准。等我以后有灵石了，可以去换上等八卦镜给她修炼。金发男叫道尔，本体是颗咖啡豆，道尔啥也不会，但是煮咖啡的手艺一绝，是真的世间他最独特，这让我不得不感叹本是同根生，相煎何太急。等我有钱了，我可以去给道尔买世界顶级的咖啡豆，用最好的咖啡豆，做最贵的咖啡。

另外两个员工，大美人叫玫蕊，本体显而易见是玫瑰花神，堕入人世的原因不详，极其怕人，拒绝一切社交。美人挥一挥衣袖就能获得一束包装精致的玫瑰，香气袭人，闻一口飘飘欲仙，但只要把花拿出咖啡屋，就会变成普通玫瑰。等我以后有灵石了，我就去给美人换最好的营养液。卷毛小正太叫朝汐，本体是鲸鱼，会吐水，靠他基本实现了咖啡屋用水自给自足，省了一大笔水费。他还可以提供宿体让人寄生，是个很不明觉厉的技能。等我以后有钱了，去买上等水晶给孩子做鱼缸。

我在咖啡屋里四处乱窜，希望能找到点值钱的东西能拿去卖，干什么都要花钱，我哪来的钱。

我在橱柜里找到一把刀，虽然锈迹斑斑，但是周身泛着凌厉冷光，凑近还能隐约听到剑戈铮鸣之声。文物啊！我两眼放光，举起刀冲着道尔大喊："这个刀能卖吗？"

大美人给我泼了一盆冷水，顺便给我带来财务危机的又一暴击。

这把刀叫厉影，本体是把剑，跟随着他的将军征战沙场立下赫赫战功，逐渐有了灵识，和将军成为生死挚友。只可惜君王易猜忌，王师北定中原日，换来的是毒酒一壶，君王连尸首也不放过，至今下落不明。厉影给将军守了千年衣冠冢，一直在找将军的魂魄，希望能让将军安息。

“那他为什么成了这副鬼样子？”

四个人面露难色，你看看我我瞅瞅你，最后小正太开口："因为厉影弟弟要养活我们，就变成一把刀做外卖，他做饭可好吃了，那段时间我们生意很好，但是我们没有经营许可，也交不起推广费，很快就被平台查封了，厉影弟弟灵力消耗过多，就睡了过去。店长等你以后有灵石了，你去请个磨刀人给弟弟磨一磨，然后再买几瓶香油给他泡着就行。"

“你为什么要叫他弟弟？叫太爷爷都不过分吧。"

“你别看我长得小，实际上我年龄最大。”小正太有些不高兴，努力挺直了身子证明自己，然后一个没站稳，滑进鱼缸里，把本来就狭小拥挤的鱼缸塞得满满当当。

05

接下来我制定了店铺经营方案，大美人在店里生产玫瑰，即使出了这扇门就变成普通玫瑰，那大美人变出来的玫瑰也吊打人间品种。小正太和桃落外表极具迷惑性，我让他们出去卖花。小嘴抹上蜜，叔叔阿姨哥哥姐姐喊勤快一点，根本不用愁销量。一开始这两个祖宗宁死不从，坚决不去抛头露面。

“我们没钱，没钱就没有未来，你想不想要水晶鱼缸，里面铺满钻石珍珠给你磨脚？你想不想要特级八卦镜修炼，成为镜子届的顶级名媛？天将降大任于是人也，必先苦其心志，劳其筋骨，饿其体肤。不经历风雨怎么见彩虹？”

两个活了不知道多少年的小孩眼里泛着光，他们握紧了自己的花桶，对我郑重点了点头。

“乖，去为了美好明天奋斗吧，放机灵一点，卖贵点。”

卖玫瑰并不是长久之计，大美人精力有限，每天的产出也有限，有了厉影的前车之鉴，我害怕她也睡过去，所以等到有了本金之后，我就给大美人规定了上限，每天只产出 20 束玫瑰，然后搞饥饿营销，卖出高价。

我用卖玫瑰的钱去批发市场上以每斤 3 块钱的价格买了 400 斤特价咖啡豆，我又忍痛花了 30 元巨资开通共享单车月卡，然后让道尔背上行囊走街串巷去卖手磨咖啡。我还给道尔做了个手绘宣传单：万事有我咖啡屋开业前的特价活动，19.9 元即可享受顶级咖啡师为您带来的舌尖享受。

道尔凭借着那张帅如油画的脸立马吸引到了很多小姑娘，19.9 元就能买到一杯帅哥亲手磨制的咖啡，还能在交杯的那瞬间获得和帅哥的短暂互动，这谁不心动，况且道尔的咖啡也没让他们失望，哪怕是 3 块钱的咖啡豆，道尔也能冲出价值 300 元的品质。买不了吃亏买不了上当。

道尔冲咖啡的技能是与生俱来的天赋，不需要消耗灵力，但是用这种劣质咖啡豆，对道尔来说是万分痛苦的折磨。帅哥出门前和和气气开开心心，收摊之后情绪低迷意志消沉，浑身写满三个字：莫挨我。最后我和道尔找到了他情绪转变的那个微妙平衡点，每天卖够 100 杯就收手。

在员工积极创收的同时我也没闲着，我创建了 50 个小号，每天在各大社交平台上踊跃参与转发评论抽奖活动，奖品在多不在精，不管是什么奖品，反正我不挑，吹一通彩虹屁然后点赞转发评论三连。我还让桃落用她不稳定的灵力给我做了个幸运符挂在手机上，还挺有用，有几个号比较欧皇，经常做中奖的分子而不是陪跑的分母。

一个多月之后我们关上门在店里数钱，前面试水的阶段不算，稳定之后一束玫瑰卖 99 元一束，一天 20 束，一个月就是 59400 元；卖咖啡一杯 19.9 元，一天一百杯，一个月就是 59700 元。刨去咖啡豆和共享单车月卡的成本，一个月共盈利 118170 元，再加上我转发抽奖折现、用不上的东西挂二手平台上卖，一个月能赚 12 万。

月入 12 万，这是什么概念，我到底是什么平平无奇的经营小天才啊！我仿佛看到美好的明天已经近在咫尺。

快乐总是那么短暂。

道尔告诉我，我们的最终目的是获得灵石，钱买不到灵石，钱只能买家具，特定的家具才能把有需求的非人类吸引过来。最便宜的家具是椅子，用千年金丝楠木经过匠人九九八十一道工序层层打磨，售价 200 万一个。这样的椅子，我们店需要 40 个。店里现有的椅子都没法再使用，送过去折旧回收，一个能抵 70 万，算下来买一个新椅子需要 130 万。

唉，这到底是什么人间疾苦。

我坐在店里发呆，思考接下来要怎么快速赚钱。我想让陆执快点醒来。

等到夜深人静的时候，我走到咖啡屋的三楼，推开最里面的房间。床上躺着一个人，是陆执。

他悄无声息地睡着，可即使在睡梦之中也并不舒坦，他眉头紧皱，像是遇到了什么烦心事，我下意识地伸手，想要抚平他的眉毛。一阵花香传来，带着安神的功效，我一扭头，大美人依靠在门框上。

“你知道他的梦境是什么吗？”

我摇摇头。

“他的梦境，是周而复始重复他过往的人生。一次又一次感受失去你的痛苦。”

我握住陆执的手，冰凉刺骨，凉意直上心头，冻得我浑身一个激灵，随后是钻心的疼，一口像是在我心口淤积多年的血被吐了出来，我不受控制地倒了下去。

06

我是一团风，或者说我是风，我属于风中的一部分，终日飘荡，遇山川改道，遇湖海撩起水波。沧海桑田，人世轮回无数次，我依旧是一团风，只是不知道从什么时候起，我成了一团有意识的风，我脱离了那阵风，成为单独的一团，开始我一个人的世间旅途，我不知道自己从何而来，也不知道要去往何方，总之就是到处飞着。

那天我途经妄无山，一只雏鸟被大鸟从山上扔了下去，雏鸟羽翼未丰，扑棱着翅膀也无法驭空飞行，这样下去必定会被摔死。到底是个生命，我实在是看不下去，于是飞过去把他托起来，这只傻鸟还以为是自己学会了飞行，叽叽喳喳叫个不停，吵死了。于是我从他嘴里钻进去，堵住了它的喉咙，世界立马清净了。

这只傻鸟叫陆执，是只大鹏。神鸟千年下一次蛋，一次两枚，一公一母，可这次神鸟却产了三枚蛋，多出来的一个就是陆执。神鸟带着两个孩子离开妄无山，临走前还把陆执从山上扔了下去，全然不顾他的生死。

反正闲着也是闲着，我决定在这只傻鸟身上找点乐子，我陪着他在妄无山上住了下来。看他一次又一次挥舞翅膀，从摇摇欲坠到破空翱翔。我和陆执的身份角色也开始转变，他不再是那只傻鸟，到底是流着神鸟一族的血，陆执很快有了王者风范。

当他第一次意识到我的存在的时候，他只会傻站在原地对着空气大喊："风风你在哪里？你在的话就吹吹我的袖子。"

我钻进他的袖子里，鼓起一个大包。

可是到后来，陆执已经能精准无误地伸手，然后一把抓住我命运的后脖颈。

陆执不会一辈子困在妄无山，他应当有更广袤的天空。在出关的前一夜，陆执和我详谈了一番。

"风风你想化形吗？"

我用小龙卷风握住毛笔，在纸上歪歪扭扭写下一个想字。

“好，你等我渡完天雷劫飞升，我带你化形。”

我的本体是一团虚无的风，别说是化形，我连修炼都没有办法。既然陆执说能带我化形，那他一定知道要怎么做。我钻进陆执的衣服里上蹿下跳，这是我表达开心的方式。

天雷劫哪有那么好过，多少仙人在此魂飞魄散。等到受天劫那天，我突然莫名心慌，我拉住陆执的衣袖，想让他回去，我们回妄无山去。

承受第 72 道天雷的时候，陆执被打回原形，那只浑身是血的大鹏展翼遮天蔽日；承受第 80 道天雷的时候，大鹏一只腿承受不住跪了下去，他已经到了极限；第 81 道天雷劈下，我冲过去悬浮在陆执脑袋上空，天雷击透我的身子，劈在陆执身上的时候少了几分力。在意识消散之际，我看到复为人形的陆执双眼通红。

“陆执你不要哭，他日你成神，跳跃三界时要过江，江面波涛汹涌，那就是我来看你了。尽管很想堂堂正正站在你身旁，可我没有办法了。”

等我醒来，发现自己被人泡在血里，我的暴脾气立马上头，我做风也是最漂亮的那一团，没事就去天池洗澡，去花园薰香，我什么时候被人泡在血里过。我冲出瓶子，准备去和罪魁祸首一决高下。

一个大病初愈的男人出现在我眼前，看着他弱不禁风的样子，我有些不忍心下手，还没等我有什么反应，我就被他掐着脖子扯进了怀里。

为什么有人能看见我啊！不仅能看见还能抓住！这真是我风生的奇耻大辱。男人的眼泪先是一两滴穿过我身体，随后大雨小雨哗啦啦，看他哭得那么悲惨，我轻轻环绕在他的四周，试图安慰他。

这个男人有着变态一样的掌控欲，根本不让我超出他的视线范围，我从来没有这么憋屈过，本来我与万物相融，根本不会被发现，可这个男人像是天生来克我的。他限制了我的自由，却一点也不注重我的精神变化，任凭我怎么折腾，他也不和我聊天，钢铁直男活该单身。

他休息了很长一段时间，然后带着我乘船外出。我们去到一个很远的地方，男人把我关在一个瓶子里。

等我再次醒来，我惊喜地发现我有了人形，我严重怀疑这个男人是女娲爱徒，捏脸手艺一绝，每一处都精准踩在了我的审美点上。

07

我从床上醒来，大美人已经不知去向，我坐起身子，看着躺在一旁的陆执。我颤抖着伸出手，轻轻描绘陆执的眉眼，我俯身在陆执额头上落下一个吻。

好久不见。

我开始拼命赚钱，每天起床第一件事先给自己打个气，多赚一块钱，陆执就能早一分钟醒过来。

我们把后院的空地收拾出来，把杂草收拾干净，用捡来的

木板扎篱笆，规划出七八个小花圃，小正太趁着夜色去河里挖了很多淤泥回来当养料。桃落去打探消息，摸清楚哪些花在市场上比较受欢迎，然后我们去买种子回来。大美人可是花神，哪朵花敢不给她面子，大美人一声令下，花们像打了生长激素一样拼命地长，播种发芽开花，半个月搭起来一条完整产业链。

我花重金在楼顶搭建了一个控温大棚，全方位模拟原产地生态环境，用来给道尔种咖啡豆。我们算了一笔账，进口咖啡豆价格昂贵不说，用量也非常大，不如自己种，要力争上游，手握生产力才有底气。

小正太正式升级成为万事有我咖啡屋农业部部长，负责楼上楼下两个种植基地的浇水工作。

在我坚持不懈转发抽奖了小半年之后，我开始重点培养其中五个欧皇账号，打造人间锦鲤人设，然后让桃落接手运营，做占卜届网红。

我每天盼望着，盼望着能攒够钱去买桌椅板凳。

终于到了能全款喜提四个板凳的那天，除了害怕见人的大美人留在咖啡屋看家，我带着其他三个员工一大早起来沐浴焚香，虔诚地带着银行卡赶往家具城。为了省钱，我们决定步行来回。

我们一人抱着一个凳子，伴随着落日的余晖走在回家的路上。我摸摸凳子脚，边摸边合计，摸一次价值多少钱。

路过十字路口，我们停下来等红灯，我闲来无事，四处张望打发时间，不看不要紧，一看吓一跳，隔壁那条斑马线此刻正是绿灯，一个老奶奶正颤颤巍巍地过马路，一辆闯红灯的车飞驰而来，眼看就要撞上去。

我扔下凳子，瞬间移动，化作一团风将老奶奶托起，平安将她送至马路另一头。老奶奶刚一落地，我就又变回人形，虽然我知道自己是一团风，但是哪怕我去买了一本咒语大全挨个念了一遍，我也没有变身成功过。这还是头一遭变身，我激动地手舞足蹈，然后尴尬地想起，老人家刚刚险遭车祸，我在人家面前跳舞不太好。

我原本以为老奶奶会惊吓过度，谁知道人家一副经历过大风大浪的样子，根本不把这种小场面放在眼里，她冲着我慈眉善目地笑了笑。

“多谢姑娘救命之恩，谢礼稍后奉上。”

老人说完这句话，挥一挥手准备转身离开。我这才惊觉，时间静止了，像是被人按下暂停键。除了我和老人，所有人都停在原地，包括那辆疾驰的汽车也停在了原地。老人越走越远，在她消失的那一刻，按键重启，所有人恢复原样，我走回同伴身旁，抱起我的凳子，发现凳子脚上有个小划痕，心疼死我了，两千块钱没有了。

过马路的时候，我听见道尔和小正太在聊天。

“神明终于还是眷顾了他们。”

要不是因为在大马路上，我真想回头问问道尔在说什么。

等回到咖啡屋，我迫不及待向大家展示了我变风的能力。

“你们说我能不能去金库，把那些钱吹出来？这样我们就有钱了。”

“现在是法制社会，你这样要坐牢的。”道尔专注浇灭我热情一百年。

晚上突然传来一阵敲门声，我走出去，门口空无一人，只是地上有一个木盒。我把木盒抱回店里，众人围了过来，盒子里只有一个乌漆墨黑的小瓶子，打开瓶盖，一股沁人心脾的桂花香传出来。我瞬间反应过来，激动到语无伦次。

“这个，那个人喝了能醒对不对！”

对面四个人对我点点头，露出慈祥的笑容。

我立马揣着瓶子往楼上跑。我抱起陆执，把一整瓶花露都给他倒进嘴里。然后重新把人放平。

道尔告诉我要再等一天陆执就能醒过来。我哪里也不去，坐在床边守着他。我要让陆执醒来看到的第一个人是我。

08

陆执的梦境有些变化，他本以为今日梦境又是周而复始的失去，可场景却有些变化，他闭眼捏了捏鼻梁，再次睁眼环顾四周，才发现这里是大殿。

“不后悔吗？”

共主的声音自上而下传来，传入陆执的耳中。

陆执跪在殿前，毫不犹豫地答：“不后悔。”

剪断我的翅膀，用神鸟之翼换能为你塑形的空沌瓶，我不后悔。用扶摇直上九万里的御空能力换玄铁之刃，也不后悔。

你是我故事最初的浓墨重彩，是自万丈深渊将我托起的风。那些万里河山我和你并肩看过，那些无垠星空我和你酒后揽过。

妄无山上的过往岁月里，你在纸上写想让我拥有更广袤的天空，可我只想和你一同飞行。

你的愿望，我必须要替你实现。

共主讲出那个逼近人情的条件："你虽用毕生修为逆天改命换她化形机会，可她毕竟不属于六道。她也不应该有记忆，想要重逢，你要找到她，要让她想起你，要让她做回一阵风。你明白吗？"

"弟子明白。"

"去吧。"

陆执叩谢。

陆执不知道为什么会做这样的梦，他跪在大殿上，等待着从云端跌落，在经历周身断骨一般的疼痛之后，他将开始踏上寻找希宁的路途。可他跪了许久，梦境迟迟没有转变到下一个场景。

陆执起身，这是他第一次能在梦境当中自由活动，正当迷茫之际，一股甘霖浇透全身，冲刷掉他循环往复的劳累，冲刷掉桎梏的枷锁，他动了动身子，睁开眼睛。

一个小姑娘坐在床边紧紧攥住他的手，小姑娘的头一点一点，努力和周公做斗争，她突然惊醒，和陆执四目相对，陆执在那双喜极而泣的眼睛里，看到了满满的自己。

End

人格测试

PERSONALITY TEST

和神仙谈恋爱需要注意什么？

- A. 看脸（+5）
- B. 神仙厉害吗（+3）
- C. 只要是神仙我都可以（+2）
- D. 神仙是疯了吗（+1）

WORDS

WORDS
审判裁定：▸▸▸
剥 夺 幻 想 能 力， 观 测 一 年。
[贩梦者]
贩梦诉求：再“听”一次她的话。
危险程度：▸▸▸ A
ID：F-005

贩梦者

纯之

害羞作者，文笔自以为颇具喜感，已出版《你是我提笔不敢写下的念头》《相声少女刘三叔》。

01 ONE

盛夏时节沙漠城市的傍晚 6 点，天空明亮，与每一寸皮肤接触到的空气依旧黏稠灼热。形形色色穿行其中的人们，好像进入了扭曲的空间一般，身体一簇簇在地上，灵魂一簇簇晕染在身上。

飞机一阵阵飞过头顶，我蹲在机场外面等待可以救我的人。

15 分钟以后，我看见一个头戴超大草帽的亚裔姑娘从机场里走了出来，我决定去试试运气。

“你好，你是中国人吗？”

她没有看我，继续四处张望，但我还是捕捉到她的眼神停顿了一下，应该是听到了我说的话。

“我穿行沙漠的时候，手机和钱包丢了，已经两天没有吃东西了，现在需要钱回国，只要你肯借我，我回去以后双倍还你，不，三倍。”我恳切地说。

她还是没有反应，拉起行李箱打算往前走，我也猛走一步拦在她身前。

这时，她用很惊讶的表情看着我，好像才发现我，然后用手指比画着什么，是手语。

头顶的长发被太阳烤出了焦煳感，汗水顺着发丝一滴接一滴地淌下，我来不及擦。她回过身蹲下在包里翻找着什么，而我知晓了对方的意思，并不想再纠缠，打算就这样和她道别。

突然，一辆大巴车停在我们的身旁，一堆人呼呼啦啦地往车上挤去，一位浑身上下都是行李袋的女人在挤车的同时，回首去抓她的儿子，想把儿子也拽上去，却一把抓空，第二把抓住了我面前这个姑娘的后衣领。

姑娘吓得脸色瞬白，本来就白皙的皮肤，现在更是白到透明，一丝丝蓝色的血管在脖颈间若隐若现，一颗颗闪着红色光芒的珠子从她嘴里滑落。

珠子大约玻璃球那么大，是用冰做成的，刚落到地上就开始融化了起来，一摊摊水迹像是吹散了的蒲公英，水花四溅，慢慢消失了。

姑娘还在半空挣扎着，冰珠却渐渐化了，这时，水珠的位置发出了几声凄厉的喊叫声。

“啊！救命啊。”

“绑架啊，救命啊，救救我。”

"松开我，我把钱都给你。"

……

我吓坏了，挤车的女人也吓了一跳，回头一看抓错了人，便松开了手，姑娘一下子没站稳，跌坐在了地上。

更多人的听到了这边的发出的声音，看到姑娘在地上坐着，都向我投来了怀疑的目光，我虽然震惊，但是这个时候也知道还是离开比较好，于是忙把姑娘扶起来后，转身离开了。

那是什么?

我找了一个阴凉的地方继续观察着姑娘，只见她环顾四周，发现没人再看她以后，起身整理了一下衣服，拿好行李离开了。

当地人大多不识手语，且这边的出租车不是很多，姑娘等了足足一个半钟头才有一辆出租车肯载她。我看到她往后备厢装好行李后，突然跑过去，和她挤在了一个车里，接着用当地语言和司机说，我们是一起的，刚去了一次卫生间。

她很震惊地看了我一眼，我用手指指了指张开的嘴巴，做了一个吐的动作，她就不再说话了。

下车的地方是离市中心五公里的一个旅馆，应该是她来之前订好的，我帮她把行李箱取出后，不顾她的反对，一直帮她拎到房间门口，然后看着她在我面前毫不留情地关上房门。

旅馆的老板娘给我接了杯水，笑着说："吵架了? "

我不好意思地搓了搓手，算是默认了，然后就坐在她的房间门口等她出门。

过了很长的时间之后，她突然开门，挥手让我进去。

房间不大，只有一张单人床和一套桌椅，桌子上放着两杯冰水，一杯显然已经喝了一半，上面还沾着口红印，杯子里是散发着蓝色光芒的冰珠，另一杯水里则泡着半颗黑色冰珠。

一日的等待让我口干舌燥，抓起黑色冰水，一口就灌了下去。

奇怪的事情发生了。

喝完这杯冰水后，一股瘆人的寒意从后背窜至四肢，所有的皮肤都起了一层鸡皮疙瘩，每一根汗毛都立了起来，室内虽然无风，但是每隔一根汗毛好像都在颤抖，跟着打了好几个寒战。

“这是什么啊？”我抱着双臂慢慢坐在地上。

她端起自己的杯子喝了一口，然后慢悠悠地打开房门，一脸得意地看着我笑，接着吐出一颗黄色的冰珠，任其掉在地上。

我还是很冷，四肢无力到不能站起来。

黄色冰珠慢慢融化了，融化后的地面传来一句：“知道怕了还不走？”

“不是我不走，而是我根本走不了……你是……外星人吗？”我勉强抬起头看她。

她摇了摇头。

残存的理智敲击着我欲裂的大脑，警告我这时应该快点离开；同时，还有一个思想告诉我，现在离开也是饿死，不如赌一次。

费力理了理头绪之后，直接躺倒在地上，让地板的温度帮我驱赶内心的不安。

她终于理解了“我不离开”的意思以后，突然很生气地向我冲过来，拿起手机威胁我要报警，我直接就说："那我就先说你的事，看看他们对谁更感兴趣。"

她傻眼了，两只狭长的眼睛充满了雾气，蹲下身无声地哭了起来。

整晚我都蜷缩在地上抵抗着从身体内部发出来的寒气，她在哭累了以后，直接躺回床上睡了过去。

这条路是为数不多的通往市中心的道路之一，清晨就有很多车辆在外面行驶，车鸣声不断，我在一声响亮的车鸣声中醒了过来，睁眼就看见她坐在床上静静地看着我。

"你到底给我喝了什么？"

她拿着一个平板电脑缓缓向我走过来，并把平板电脑递给我。我看了看，屏幕上是她用手指在记事本软件里手写的三个字：救救我。

02 TWO

她叫白少蕤，今年 29 岁。

失去声音这件事，要从一个异国常年覆盖冰雪的州说起。

冬天的冰雪之州寒冷非常，她用几年的时间攒了 6 万元到这里旅游，到达当地后雇用了一个司机带她去看北极熊、极光和万年雪原……在去看北极熊时，事情发生了。

司机把她送达后说现在天气太冷了，他要去刚才路过的商店里买一些食物和热饮，让她在原地等待，远处的冰川上偶尔会出现北极熊，只要耐心等待就一定会遇见，他要去的地方不远，很快就回来。

半个小时后，她所处的地方突然刮起了风，接着开始下起鹅毛大雪，风裹着雪花吹得她脸上露出来的皮肤像是刀刮一样的疼痛，大雪把一切视线都挡住了，只剩下无尽的白色，没有任何方向可以辨认。

她记得司机说过的那个商店，她打算过去，结果刚要抬脚，整个人就被一阵狂风吹倒了。她坚持爬行了一米远，但是吸进鼻腔的寒风像是要把她从内向外冻住。没过多久，呼吸就变得艰难，气管异常疼痛，她实在没有办法，又原路返回，躲在了车的下面。

此时，她唯一的想法就是要活着，于是便不断地把风吹过来的雪团和周围的雪团拼命地覆盖在自己的身体上。她把身体蜷缩成一团,不断地往自己的身上埋着雪。风太大,虽然在车底，但是埋住一些，还是会有更多的雪吹走，直到她累得不能再动，才停止。她把脸紧紧地缩在衣帽里，只给自己留了一个不大不小的缺口，方便呼吸。

时间过得很漫长，她一直都在问自己，第一次出国旅游，就要冻死在这里了吗?

慢慢地，她发现身上越来越重，越来越多的雪覆盖在她身上，而此时她又发现身上的汗已经结成了冰，整个身体在雪地上一动不动。她知道现在的衣服已经像铁板一样了，每动一次，结冰的衣服都会像刀片一样刮着她的皮肤，她的意识开始变得有些模糊，思绪天马行空起来，她还想象过自己躺在一片红色的雪里一定很显眼，他们一定可以通过颜色找到她的尸体。

她和我描述，她当时到底有多冷呢？

一开始是冷，冷得牙齿不能好好地贴合在一起，不断碰触分开；后来就是痛，好像无数根针扎在身体上一样痛；最后感觉可能所有的器官组织都从身体上掉落了，一块一块的，一段一段的，仿佛只要她现在坐起来，上半身就会整齐地和下半身分离开来。

当他们终于找到她时，她还在和她的脚趾头较劲，一心一意想着，只有活血才能保住五只脚趾头。只要她一直动，它就还会是身体的一部分。

其实整个被埋的时间不超过一个半小时，从开始刮暴风雪，司机就立马组织人来救援，但是风雪太大，又加上她躲在车底，找了好久才把她找到。

事后，她被送到了医院，治疗后只剩下嗓子还需要慢慢恢复，其他的地方全部痊愈了。

出院后，她再也不想去看北极熊和极光，直接定了机票回国了。

闪光的冰珠第一次出现，就是在回国的飞机上，

由于飞行时间太长，经过的气流和颠簸很多，她肠胃受不住，跑到厕所呕吐的时候，吐出了第一个冰珠。

她记得，当时她吐着吐着，突然看见一个灰色光点的珠子随着呕吐物掉进了马桶里。她下意识地说了一句“那是什么？”，结果话没说出来，另一个灰色光点的珠子顺着喉咙滑到了地上，

她吓坏了，本能地尖叫，结果尖叫声也没发出来，一个红色光点的珠子也掉在了地上。

她当时吓傻了，又乱七八糟地说了很多吓傻时该说的话，就有更多颜色的珠子掉在了地上。

她伸手去捡，才发现是冰，但她实在太害怕了，又不想让别人发现，就一股脑地用衣服把冰球捡起来，把其中一些丢进洗手池里，另一些丢进马桶里，打算把它们全部冲走。

马桶里的冰珠冲走了，但是洗手池里的还在，它们一起在水流下融化了，并且在融化时都发出了声音。

“做梦吧，这是什么东西啊？”

“见鬼了，怎么这些东西从我嘴里掉出来？”

“好凉，这是冰吗？我嘴里能吐出冰来？”

更多的是哭泣的声音。

最大的那颗红色光点的珠子融化后发出的则是一声凄厉的“啊”！

没一会儿，飞机上的机组人员就来敲洗手间的门，以为她在里面发生了什么情况，强装镇定的她刚想说自己没事，突然想起来每句话都会变成冰球，他们看了更害怕，就在开门后鬼使神差地一边捂住嘴巴，一边指了指屁股，也不管他们怎么理解，对他们笑了笑后返回了座位。

接下来的整个行程她一直都在想这件事，不敢说话也不敢睡觉，生怕哪一句梦话变成了冰球，他们发现后会把她抓起来。

夜渐渐深了，从飞机上看星空，好似整个人都被包裹在了一片神秘的气氛里，她张嘴说了一句话，然后用手小心翼翼地接住掉下来的冰球，用纸巾包裹住后，放在右边肩膀上，过了好久，才听到一声小小的呢喃："我好害怕啊。"那是她的声音。

回国后，她把自己关在家里，整日整夜地研究冰珠。她做了很多次实验，最后发现了冰块的秘密。

普通是黄色的，恐惧是红色的，谎话是绿色的，神秘是紫色的，诅咒是黑色的，乐观是蓝色的，爱是粉红色的，忧郁是灰色的……

每一种颜色都有它的特质，饮用也是如此。

她也曾试过用碎冰机把这些冰块打碎，打碎后，这些冰块的声音就会消失了，但是融化后的感受不变。

她用平板电脑敲到这里时，看向我，缓缓地打出最后几个字：我想融化。

03 THREE

我无奈地摇了摇头，觉得我帮不了她，但我也不会报警，她的事情我解决不了，我只能离开，她看着我哭了，但我没有回头，我离开了那间屋子。

几天之后，我把骗到的钱花光，在市中心的一家餐馆里找寻下一个目标，我又看见了她。

她看见我之后，招呼我过去，给我倒了一杯啤酒，同时加了几块蓝色的冰沙。

我当然不敢喝，上一次的经历太可怕了，我起身要走，她拦住了我，先自己喝了一口，又用手指粘上一些自己杯子里的啤酒在桌子上写下：好的。

炎热好像是要把我蒸发一样，只怕她还没有融化，我已经蒸发了，于是，我喝了这杯啤酒。

啤酒下肚之后，瞬间一股力量充满全身，饥饿消失了，渴也消失了，仿佛身处一个郁郁葱葱的山谷村落，此时太阳刚刚升起，深红色的太阳在山间清凉的雾气中慢慢显现，风是凉爽的，太阳是温暖的，这应该是开始的时候。

还有好多好多的感觉，但我却没办法再形容了。

她拿出她的平板电脑给我看，上面打着一行字：我知道你需要钱，帮助我，我把我所有的钱都给你。

我知道她听得到，只是不能说罢了，就问她："为什么是我？我是个骗子。"

她又打下一行字：那我还能找谁呢？

不知道是喝了蓝色冰水的原因，还是我最近真的很难再搞到钱，我答应了。

再一次与她回到旅馆时，老板娘笑着用当地的方言和我说："不要离开你的女人，你曾经和她说过永远。"

白少蕤的计划是，既然是被冰雪埋了才这样，也许被炎热的沙漠埋过就会好。我告诉她这不可能，她不信。

第二天一早，我们便租了一辆车前往附近的沙漠，一路上白少蕤都把蓝色的冰沙倒在水里给我解渴，到达时，太阳正好在头顶处，每一滴汗都来不及落到地上就迅速地干涸在皮肤上。

在这里，白少蕤可以“说话”，因为冰珠滑落到沙漠上，很快就融化了。

“我从来不知道，可以说话是这么好。”

她知道这点后，第一次露出了舒心的样子，和我“说”了这句话。

我拿出后备厢里早已备好的锹开始铲沙，铲到一定深度以后，白少蕤就急切地躺了进去，几秒钟后，白少蕤就出来了，她说：“为什么沙子里面是凉的？”然后又哭了起来。

长久在烈日下暴晒，人会脱水而死，我连拖带拽地把她拖上了车。

她哭了很久，哭得车里哪怕开的冷气，温度也和室外没有区别了才停止。我取出她存在保温箱里的蓝色冰沙给她兑了一杯水喝下，她的精神才慢慢好起来。

她慢慢地和我“说”着。

“我以前总觉得，说话很容易，既然张了嘴巴就可以说话，我在哪里都说话，但是没有一句真心话，因为真心话总是让人很羞愧。那种感觉好像被人看到正在上厕所的自己，隐私完全暴露，又很难以让人接受，表面上大家都好，但是一旦真心话说出口了，神秘的力量也就消失了，你就是一个固化的人，一个让人们只在某一件事情上寻找你的标签，渐渐地那些人就都会走远。我认识了那么多人，都走远了。”

她去冰川之前，应该发生过很多事，我并不关心，也就不知道要说些什么，只是点点头，表示自己听到了。

“突然之间失去了语言，我发现我可以说的，只需要那么多。‘谢谢你’‘我爱你’‘对不起’……那么多的简单的词语，都和我无关，只需要向对方表达。”

这句话的冰珠闪的是灰色与金色的光芒，灰色的融化了，金色的好像洒落在车里的阳光，它们在融化的一瞬间，就漂浮了起来，并且不受空间的限制，穿过了车子，飞向了远方。

看到这些的我们同时愣了一下，不知道刚才那些是什么。

我抓住她的肩膀急切地说：“你再说一次‘谢谢你’。”

她张口吐出一个冰珠，这个冰珠很小，但是却闪着金色的光芒，融化后的声音很小，金色的光再一次飞走了。

接着我们又试了几次，每次都是这样，我们这时才发现，冰珠还有一种颜色——金色。

有金色就会有银色，或许还有更多的颜色她根本就没有尝试过，不同的颜色会产生不同效果，金色飞走了，融化后的水喝下后没有任何效果，所以，融化的秘密可能就是金色。

再一次吐出金色的冰珠后，天已经完全黑了下来，我们试图抓住金色的光点，但它却从我们的手掌中飘了出来，我迅速发动车追去，但它飞的速度越来越快，并且缓缓升高，我们追了一阵便追不上了，连续试了好几次都这样，直到油表箱显示不能再追，我们才作罢。

回去的路上，她不再说话了，她把头靠在车窗上看着星空，不知道在想些什么。

第一次，我对语言有了新的认知。有一些语言的力量，不存在于生活里，它能带给你的不是一种感觉，可它在你的回忆里散发着光芒。话语一样，但是它们的闪光都不相同，它们不是重复出现的，而是每产生一次，都会离你而去，它只存在于回忆里，抓不住，也不属于任何人，只有回忆的时候，它才永存。

到达旅馆之后，白少蕤第一次问了我的名字。

她说之前不问是因为反正也说不出，但是现在她想知道，她想知道我是谁，我来自哪里。

我叫吕爽，双口吕，所以很多人也都叫我爽口，我来自一个小城市，但是曾经为了一些现在看起来极其不重要的事情，欠了很多的钱，知道自己永远都还不上钱的那一天，我来到了这里，我逃避现实，不打算解决问题。

她笑了笑，吐出一个金色的冰珠让它慢慢融化，就睡去了。

过了好一会儿，冰珠处传来了一声“谢谢你”，金色的光芒再现，在我的头顶盘旋许久，再次冲出屋子，消失不见。

04 FOUR

那一晚的星空，我和白晒蕤反复地交谈过很多次。

我和她说了我的想法，她很惊讶，好像我才是那个口吐冰珠的人。

她把这些事情一一记下，并表示，也许金色的光是一个突破口，我们在无数个夜里又去沙漠里尝试了很多次。

因为城市人多，不能让人发现；因为白天太亮，看不见金色的光。

不能捕捉，只能看着它消失，感觉好像把星星镶嵌到了天上。

但也失败了很多次，不是真心说出来的话，都是普通的黄色冰珠，并不能飞向天上。

尝试的最后一次，我们都知道了这里并不能让她找回声音，只是让我们了解了一些关于冰珠的秘密，于是这天晚上，我们把最近几日保存的所有的金色的冰珠统统带到了沙漠里。

我们两个人慢慢地把金色冰珠从车载冰箱里拿出来，然后放进保温箱中，再慢慢地把它们从保温箱里一个个地洒在冰凉的沙漠里。

不久后，这些金色光芒破冰而出，缓缓地飘荡了起来，同时响起了一声接一声的“对不起”。

几天以后，白少蕤和我表示，她现在明白了很多，就算不说话也没有关系，她还在努力地学习手语，她可以沟通，只不过是换了一种形式。

我却多了一层说不清楚的感觉，我还是想帮她融化。

虽然不知道如何帮她，但是融化是第一步，如果能让她开口说话，哪怕还是冰珠，也没有任何关系。

很多人对于如何加速融化的回答，除了高温，出现最多的是盐。

盐和言同音。

我带着白少蕤走进这里最大的一家超市，我以前经常来，但是这一次却好像第一次来一样，我们买了一个大浴桶，很多的盐，两个小冰箱，10 箱纯净水，还补充了很多生活用品。

当我拿着白少蕤的钱结账时，我第一次由衷地对收银员说了一句“谢谢”。

回到旅馆后，我把一半的盐都洒在浴桶里并用热水将它们融化，白少蕤裹着浴巾在浴桶里躺下。

温水没过白少蕤的皮肤，她的皮肤泛起了粉红的光。

这是我第一次仔细地看白少蕤，她是个身材娇小的姑娘，整个人躺在浴桶中，显得浴桶极大；皮肤很白，在水的折射下，好似发光；狭长的眼睛直直地看着我，又好像看的是我身后的那面墙，说不清是迷离多一些，还是淡漠多一些；嘴巴圆圆的，上唇还有一个唇珠，好像一颗樱桃落在了嘴唇上；鼻子不是直挺挺的，倒显得整个人的年纪很小；脸颊上有很多雀斑，不算明显。

她算好看的女人吗？应该是吧，但是美或不美都在于相处的天长日久中你怎么看她。

人人都说相貌和心灵相关，不就是因为内在的某一样柔和了你的目光？

我刚要起身离开，让她自己独享这段时光，但最后一眼落在她身上之后，我的整个呼吸都好像被夺去了。

她开始变透明了，身上倒还没有多么明显，手指处却已经可以透出浴桶的颜色，整个手指不能算是全部透明，但是已经有了透明的迹象。

她开始融化了。

我一把将她从水里抱出，不管她惊讶的目光，把她直接抱到了床上。她以为我要对她做一些什么事情，对我连踢带打，我好不容易按住了她，才好抓住她的手凑近看。是变得透明了，但我由于紧张导致双手冰凉，她手指的颜色开始慢慢地变了回来。

她终于发现了异样，抽回手看了起来，一脸惊诧。

“我怎么了？”她张口说了一句话。

我听到她说话，整个人像是被抽干了力气一样，慢慢地坐回到地上。

成功了吗?

没过多久，白少蕤的手指颜色慢慢地变了回来，不久恢复原样。

她再次开口，不过这次还是一颗红色的冰珠掉在了地上。

为什么会发生这样的事情？我看着她，想问她，才发现从刚才开始我就一直忘记了说话。

原来人在真正的紧迫感面前，是一句话都说不出来的。

我走回浴室去看浴桶，浴桶中的水漂浮着一层星星点点的光，说不清是银色还是白色，但确实在发光，就像刚下过雪的雪地一样。

我把浴桶里的水清理干净，拿出一瓶纯净水倒在杯子里，又抓了满满一大把的蓝色沙冰倒在水里喝了下去。

“盐可以融化，也可以让你说话，但是你会变得透明，可能最后整个人都被融化，就这么消失不见了，不要再继续了。”

过了很久，我开口说着。

白少蕤吐出一个红色的冰珠，她对我说：“原来身体透明才可以说话。”

如果不是亲身经历，我永远也不会相信世界上会发生这样的事情。

接下来的几天，我们好像故意忘记了这件事，在这座沙漠城市里漫无目地游荡起来，我们去看当地的孩子做游戏、吵架，再高高兴兴地回家；我们去菜市场看当地人砍价、还价，最后付钱成交；我们看美景，也看各种各样的人。

两个月之后，白少蕤和我说，她把房子卖了，帮我还了债务，还有一点钱，她换了一个很小很小的房子。

我沉默了很久，说会还给她，她点点头，笑得很开心。

05 FIVE

将近9个月的时间里，我们都在一起生活，但不是爱情。

我找了一份工作，虽然薪水不多，但让我不需要再用言语也可以胜任。

18个月后，我辞去了工作，开始和白少蕤一起在这个城市里开了一个小小的沙冰店。

这是我们早就计划好了的。

因为存款不多，我们的店就开在自己家楼下，生意并不是很好，后来有了改善，每一次我们会放一丝丝的蓝色沙冰在里面，生意渐渐好了起来，收支从勉强可以度日到有了很多的存款。

我只拿之前上一份工资的一小部分，其他的钱全部都还给了白少蕤。

“老板，给我来一份沙冰。”每天都听着同一句话，我还是很开心。

偶尔，我们也用冰珠去干一些别的事情。

那天晚上，我和白少蕤吃完夜宵回家，突然听见一个房子里传来剧烈的争吵声，男人骂着说："你再敢多说一句信不信我打死你。"

我们互相看了一眼，抱着吃撑的肚子继续听了起来。

原来是一对夫妻在吵架，男人的脾气不好，每次都会打老婆。

白少蕤玩心忽起，吐了几个黑色的冰珠丢在男人家门口，然后拉着我就跑走了。

第二天听说这家闹鬼了，白少蕤捂着嘴笑了很久很久。

我觉得这样的生活很好，每日都很满足，但是白少蕤却消失了。

开店一年以后，白少蕤越来越沉默，不只语言没有了，表情也渐渐少了起来，我不知道她在想什么，我只知道她想得很多。

终于在一个夜晚我收摊回去，再也看不到她。

房间里空空荡荡，茶几上放着一封信，上面写着一个地址，她说她给我留了很多很多的冰珠。

浴室里是一大桶在月光下闪着银色光芒的水，好看极了。

我不知道她是融化了，还是只是让我以为她融化了，唯一可以确定的是，她走了。

我突然想起那天在沙漠里，漫天飞舞的金色光芒，和每一句的对不起。

End

人格测试

PERSONALITY TEST

如果说出来的话能变成实质的东西，你觉得你的语言会变成什么？

- A. 会根据说的内容变化（+5）
- B. 金子（+3）
- C. 泡泡（+2）
- D. 不想说话了（+1）

THE RED
DRAGON'S
HEART
红龙之心
审判裁定：
剥夺幻想能力，终身监禁。
罪梦者
罪行：曾在市中心广场召唤一头喷火龙，引起巨大恐慌。
危险程度：S
ID：F-006

罪梦者 北国

三流小说写手，重度精神洁癖，游离人世的人外之人。

微博 @ 北国 141

01

阿萨站在格兰德广场边缘，看着天上那个巨大而优雅的钢铁怪物，光是裸露在外的齿轮直径都超过三米，这些镂空的巨型齿轮紧紧地咬合在一起，平稳而飞速地转动，在内部还有无数更细小、更精妙的传动装置，将蒸汽机产生的动力源源不断地输送到螺旋桨和其他舱室。

这是最新的军用飞艇，阿萨听机械修理店的老板说起过，飞艇的左舷和右舷各架着二十门巨型火铳，不过现在收了起来，看不到。

“他在那儿！抓住他！”

几个十七八岁的男孩跑到了广场上，领头的高个子男孩指着阿萨大喊。

阿萨连忙跑进了旁边的一家杂货铺里，随手关上门。

那个领头的男孩叫托里昂，他的爸爸是警察局的高官，在平民中算得上有头有脸的人。靠着老爹撑腰，托里昂成了这片街区的小霸王，其他男孩都是他的手下。

一开始，阿萨虽然不是托里昂的小兄弟，但和他也没什么矛盾，直到认识了克里斯汀。克里斯汀是斯尔顿中学的校花之一，据说是全校最好的舞者，拥有学校里最曼妙的腰肢，喜欢她的男孩能从格兰德广场排到火车站，这些男孩里面就有托里昂。

在这片街区里，托里昂是小霸王，在学校里也没几个人敢惹他，可惜拳头和家世在克里斯汀小姐这里并不好使，克里斯汀对他一直爱搭不理。

但克里斯汀和阿萨关系很好，其实也不能说是关系好，克里斯汀对机械很感兴趣，而这方面恰好是阿萨的特长，所以克里斯汀时不时会到阿萨工作的修理店请教一些问题。

这件事很快就被托里昂知道了，女神不搭理英俊帅气的自己，反而去找一个连学都上不起的穷酸小子，这让托里昂心里很不是滋味。他不能去找克里斯汀质问，只能命令阿萨，要求阿萨以后不再和克里斯汀见面。

阿萨当然没办法答应，克里斯汀又不是他找来的，他也没权利把她赶走，老板的要求是来者是客，今天赶客人走人，明天他就得丢掉工作，连饭都没得吃。

于是每天一放学，托里昂就带着自己的小兄弟找阿萨的麻烦。

阿萨穿过杂货铺后门，来到一条小巷子里，左拐右拐走进一间小仓库。

他经常躲在这里，托里昂和他的小兄弟们脑袋不太聪明，只要看不到人就会一直往前追，不知道搜索附近的房屋。

再等五六分钟，他们就走远了，阿萨也就可以回家了。

阿萨呼了一口气，抬起头，然后就愣住了。

他正对面，墙边的位置趴着一头红龙，此时那头红龙正盯着他，蓄势待发的样子如同一头匍匐在草丛里的狮子。仓库上方的天花板破了个大洞，红龙应该就是从那里掉下来的。

杂乱的脚步声越来越近，托里昂他们也赶来了。

阿萨贴着墙边，不敢开门逃走，不是害怕被托里昂他们逮个正着，就算被抓住，最多也是被臭揍一顿而已，他是害怕惊动这头红龙。

红龙没有贸然发动进攻，但这也是迟早的事情，阿萨必须想个办法。

阿萨掏出口袋里仅有的一块牛肉干，丢到他们中间。

红龙看都没看那块牛肉干，龇出满嘴的獠牙："卑微的人类，你把我当成了什么？狗吗？"他压低了声音，说话的语气就像个少年，看体型，他也像是正处于少年期，身体没有完全长开，只占据了这个小仓库不到一半的空间。

"你会说话？"阿萨强行抑制住心里的激动，龙本来就是传说中的生物，能说话的龙更是传说中的传说，最重要的是可以交流，那他说不定就不用死了

托里昂和他的小兄弟们从仓库旁边跑了过去，一边跑还一

边用污言秽语“问候”阿萨的家人，可惜阿萨早就没有家人了，他是战争孤儿，没见过父母，收养他的养父早在两年前就去世了，他这才不得不去机械维修店打工。

“我们做个交易吧，我帮你杀了他们，你给我找个安全一点的地方，再给我弄点吃的。”红龙说道。“他们”指的当然是托里昂和他的小兄弟们，只要不是傻瓜就能看出来阿萨和托里昂他们有矛盾，而红龙不仅不傻，还很聪明。

“不要。”阿萨摇头。

“为什么？你觉得自己是个善良的人，不该杀人？他们欺负你的时候想过不该欺负你吗？这不是善良，这是胆小！”

“我知道，不用你告诉我，我就是没办法接受。”阿萨还是摇头，如果杀人不犯法，那托里昂应该很乐意在他脑袋上开一个洞出来，这样克里斯汀就再也不能去找他了，但他就是狠不下这个心。

脚步声渐渐消失了，托里昂他们跑远了。

“你为什么不离开这里，回家乡呢？”阿萨坐了下来，他现在不害怕这头红龙了，要杀他的话，红龙早就动手了。

红龙展开双翼，它的右翼破了个大洞，大洞边缘还有很多小洞，这是大口径火铳打出来的。虽然重量不及巨型火铳，但这种口径的火铳也不是普通人能够使用的，通常装在军用飞艇上或者武装列车上，这头红龙曾经和军队冲突过。

“能再长好吗？”

“你腿没了能再长出来吗？”红龙没好气地反问，“我叫梅尔，你叫什么名字？”

“阿萨。晚上我再来找你。”

阿萨走了，梅尔没有拦他，临别时还说了一句：“我等你。”好像他们已经约定好了，但其实阿萨想的是要不要把红龙的事情通知军队。

这可是传说中的龙，禀报上去绝对是大功一件，不说升官发财，一大笔赏金总是少不了的，有了这笔赏金他就再也不用去维修店打工了。

可真的要这么做吗？如果军队抓住了梅尔，应该会把他杀了吧？

02

犹豫了很长时间，阿萨决定还是算了，梅尔没有伤害他，那他也不该伤害梅尔。

晚上，趁着夜色，阿萨带着梅尔来到了自己家。

这是一间废弃的厂房，就在城市边的小山坡上，大门上挂着“斯坦科斯空艇公司”的招牌，招牌已经破烂得不成样子了，字迹模糊不清。

从记事起，阿萨就住在这里，他养父是斯坦科斯空艇公司的所有者，也是首席机械师。本来公司生意不错，但是十年前王国突然宣布禁止任何非官方空艇升空，公司不仅接不到新单子，原有的订单也全部取消了，只能倒闭。

有人说王国发现了传说中的机械城，为了防止机械城的科技落入其他人手中，所以颁布了这条法令，但一直没人证实。据说第一台蒸汽机就是一百多年前从“机械城”掉落下来的，初代的工程师拆解了那台蒸汽机，研究里面的技术，才有了现在的蒸汽文明。

厂房非常宽敞，液压机和动力钳之类的设备堆在角落，最中央的位置摆着一架未完工的“伊卡洛斯”。这是十年前最先进的民用飞艇，长四十米，气囊用龙骨支撑，靠一架轻型蒸汽机驱动，最大速度每小时七十公里，可以搭载六吨的货物。

“没想到你家里还有这种东西。”梅尔走到飞艇旁边，“我觉得回家有希望了。”

“你是想把它造完回家？”阿萨使劲摇头，“这架空艇里面的大部分机械设备都被拆除了，只剩一个空壳。比起原地建空艇，我觉得你去抢一架更合适。”

造飞艇可不比过家家，厂房里的设备大部分还能用，但是那些设备厂商可不会把蒸汽轮机、齿轮组白送过来，阿萨不是有钱人，梅尔也不像是能掏出钱的样子，他全身上下都是鳞片，连个口袋都没有。

“就算造好了，也没办法飞，任何非官方空艇升空都会遭到攻击。”阿萨对这条法令相当不满，如果不是突然出现这条法令，那公司就不会倒闭，养父也不会郁郁而终。

“要是能抢的话，我早就去抢了。”梅尔长长地叹了口气，“天空应该是自由的。”

“你坚持的话，我没意见。”阿萨爬上飞艇，他平时就住在这架“伊卡洛斯”里面。

就算梅尔把这架“伊卡洛斯”开走了也没什么，不过是搬个家而已，厂房里还有很多小房间，稍微改造一下就能住。

“听起来你好像不准备帮我，你就不想试试飞行是什么样子吗？没想过反抗这条不合理的法令吗？”梅尔趴到飞艇左侧的舷窗旁，看着梅尔在两米见方的小厨房里切菜。“伊卡洛斯”是旅行飞艇，里面有配套的厨房。

“反抗？你是嫌我死得不够快吗？”阿萨也叹了口气，他当然想过，每天晚上他睡在驾驶舱里都想象自己漂浮在云端，像只鸟儿一样自由地飞翔。

但他真的只是想一想，就像老板说的，有些事不是我们能做到的，想一想就得了，人最重要的就是认命。

吃完饭，阿萨跑到工厂外面，一艘飞艇正从城市上方快速飞过，挂在飞艇外壁的燃气灯远远看上去就像是划过夜空的流星。

这艘飞艇不是军用型，体型没有那么大，但也有一百多米长，不用想也知道里面坐的都是达官贵人，他们坐在奢华的真皮沙发上，一边晃荡着杯子里的高档红酒，一边欣赏手摇式唱片机播放的交响乐。

如今飞行已经成了一种特权，大人物们飘在云端，俯瞰脚下的蝼蚁。

不远处，护城河边上，四处巡游的马戏团搭了一个简陋的露天表演台，装着机械义手的杂技演员正在表演喷火。

观众大多都是附近的孩子和学生，有钱买票的坐在距离表演台最近的观众席上，没钱买票的穷孩子们站在空地上观看。

阿萨远远地看着，没有过去，因为他看到了托里昂，克里斯汀就坐在他旁边。女孩出门前特地打扮过，淡金色的头发扎在一起，上面绑着黑色的蝴蝶结，薄如蝉翼的黑丝裙子堆满漂亮的蕾丝花边，她端端正正地坐在椅子上，像是暮色里的夜莺，优雅纤细。

托里昂终究还是得手了，这也没什么好奇怪的，撇开不太好使的脑子，托里昂也没什么缺点，优点就多了去了，长得英俊潇洒，出手阔绰，将来说不定还能接他老爹的班，跟着他绝对吃香的喝辣的。

“你喜欢她？”梅尔不知什么时候凑了上来，他站在灯光外的阴影里，其他人看不到他。

“哪有？”被人看穿了心事，阿萨连忙否认。

“如果不是，你那么大声干吗？”梅尔也看向克里斯汀，满脸不屑，“你这是什么眼光？要胸没胸，要腿没腿，等空艇造好了，我把公主给你抢过来，那才是配得上你的女人！”

“拍马屁对我可没用。”阿萨明白梅尔是想拉他下水，他拍了拍屁股上的灰，转身走向工厂。

03

第二天早晨，阿萨是被叮叮当当的敲打声弄醒的。

从床上翻起来，他就看到梅尔正在整理机械设备，工厂留下来的机械设备基本上都能用，阿萨有给机器定时上融化油保养，只是要把它们组装、调试好需要不少时间。

“你真打算建飞艇啊？”阿萨跑到梅尔身边。

“当然，我要回家。”梅尔没有停，把堆在一起的机械设备按类型分好，他的爪子没有人类灵巧，但力气大得多，搬起大型机械设备一点也不费劲。

“那你慢慢忙，我去打工了。”阿萨掉头走向大门。

门刚打开，他就愣住了，克里斯汀就站在大门口，而且还看到了梅尔。

阿萨立刻把她拽了进来，关上门，“你怎么来我家了？”阿萨慌了，梅尔的存在绝不能让其他人知道。

“我昨天看到你了，还有它。”克里斯汀指着梅尔，一点儿也不害怕。

阿萨明白了，应该是昨天晚上回来的时候，梅尔不小心被路灯照到了。

“这是你朋友？”梅尔看着克里斯汀，没有轻举妄动。

“我跟我家里人闹翻了，想要离开这里……我想你应该有办法。”克里斯汀走到梅尔身边，直视他的眼睛。

“闹翻了？”梅尔给阿萨使了个眼色，意思是：你觉得她在撒谎吗。

“我爸妈一直想让我嫁给托里昂，可我不喜欢他，昨天晚上还逼着我和托里昂约会，我受够了！我要离开他们！”克里斯汀今天穿着一身很常见的灰蓝色工装，还戴着一顶帽子，应该是从家里偷偷溜出来的。

“他们也是为了你好。”阿萨心里莫名地好受了一些，他拍了拍女孩的肩膀，同时递给梅尔一个眼神：可以相信她。

“呸！明明就是为了他们自己，最近两年生意不好做，总是被刁难，他们就想让我嫁给警察局高官的儿子。”克里斯汀很没淑女气质地往地上吐了一口唾沫，穿着蕾丝白裙翩翩起舞那是专门做给别人看的，真正的克里斯汀就是这个样子。

她家并非名门，从小和街上的男孩们一起玩泥巴，男孩们会说脏话，她也会。只不过最近几年，克里斯汀越长越漂亮，爸爸妈妈就把她往名门小姐那个方向培养，上礼仪课，穿最漂亮的裙子，保养好皮肤，将来好钓个金龟婿，以前克里斯汀小，不懂这些，以为爸爸妈妈是为她好，但最近她总算明白过来。

“我正在建飞艇，等飞艇建好了，我们一起离开这个鬼地方，去我的家乡龙之岛。”梅尔仰起头。

“好啊，我也来帮忙。”克里斯汀立刻加入了梅尔的行列。

“你有一颗红龙的心，和那个家伙不一样。”梅尔瞥了阿萨一眼。

阿萨没理他，问克里斯汀：“你真的要和他一起去龙之岛？”克里斯汀并非不知道禁飞令，阿萨也不是很想劝她，谁愿意看着自己喜欢的女孩嫁给别人呢？

“嗯，你也一起来吧？”克里斯汀握着阿萨的手。

阿萨缓缓点了点头，他可以不管梅尔的死活，但是不能不管克里斯汀的死活。

阿萨辞掉了修理店的工作，克里斯汀也跑到学校请了个长假，说最近家里有点急事不上学，每天背着书包假装去上学，稍微跑远一点就调个方向，直奔阿萨这里帮忙。

阿萨翻出了“伊卡洛斯”的设计图，照着图纸施工并不难，何况当初这架“伊卡洛斯”基本已经完工了，只是动力舱的设备和控制系统被拆掉了，工作量并不算多大。

方向舵、飞行翼之类的木质部件可以用工厂的设备制作，有梅尔当苦力，工作效率相当高。

齿轮组和和泄压阀之类的金属部件在市场上都能买到，而且很常见，买这些东西不会令人怀疑，唯一的问题是钱。阿萨拿出了自己攒了两年的积蓄，克里斯汀也掏出了自己所有的私房钱，一共 50 枚金币。阿萨跑到旧货市场挑了一整天，买到了所有需要的东西，钱也正好花完。

一个星期后，这架“伊卡洛斯”基本完工了，现在只差最后一样东西——一台够轻、动力又强劲的蒸汽机。十年前，这种东西在市场上并不少见，但现在只有少数几家工厂生产，而且直接交付给军工厂，不在市场上流通。

“你们继续忙，我出去一趟。”阿萨站起来，看着自己亲手打造的飞艇，它一点也不漂亮，连油漆都没有刷，黄澄澄的木板表面非常粗糙，连转动的齿轮都是二手的，里面相当多的舱室空着，但他还是感觉很自豪，这是他亲手打造的飞艇，它能飞！

04

阿萨再次来到机械维修店，柜台里面的那面墙上挂满了各式钟表，精致的珐琅表盘，紫水晶雕琢出来的外壳，有的还有木偶人报时，指针转动的咔嚓声重重叠叠地堆在一起，老板就在这咔嚓声的海洋里修理着眼前的机械钟表。

钟表的外壳已经卸了下来，可以看到裸露在外的金色机芯，它只有拳头大小，却拥有两百多个齿轮结构，最小的齿轮直径还不到三毫米，它们不停地转动，犹如一座运转不息的城市。这东西光是拆开就要一天的时间，更别说维修。

“怎么？又要回来上班了？”老板卸下单片眼镜，伸了个懒腰，“我年纪大了，有的精细活干不了。”

“我不是来上班的，我想找你买一样东西。您有马克Ⅲ型蒸汽机吗？马克Ⅰ型也凑合。”阿萨在脸上挤出谄媚的笑容，外人都以为维修店老板只是个普通机械师，靠修理机械维持生计，但阿萨知道老板还是个收藏家，那满墙的钟表都是老板的收藏品。

老板经常到外面收“破烂”，那些在普通人手里只能等着生锈的“破烂”在老板精妙的机械技术下重新焕发生机。老板会将大部分卖掉，真正的珍品则保存起来，放在专门的收藏室。那是老龙守卫的藏宝库，连阿萨都没有机会去看上一眼。

马克Ⅲ型蒸汽机绝对称得上珍品，它是十年前最强劲的飞艇专用蒸汽机，刚生产了几十台就因为禁飞法令不得不停产，老板应该有收藏。

“都没有，你知不知道那玩意现在是违禁品？”老板站了起来，“你这一个星期在干吗？”

“你要是不卖给我，我就到警察局举报你。”阿萨明白老板是在装糊涂，老板不是外行，又清楚他的情况，只要听到他要买马克Ⅲ型蒸汽机，就应该知道他想做什么。

“你……你……”老板气得浑身发抖，“我平时待你也不薄啊！”

“我这是相信您，要不我就去黑市了，马克蒸汽机在您那放着也是落灰，再说如果哪天被警察查到，您岂不是倒霉了？”阿萨低声下气说好话，黑市上也有能够满足他要求的蒸汽机，但是卖方不靠谱，万一前脚把东西卖给他，后脚向警察局举报，他就完了。

相较而言，还是老板更靠谱一些。

“我确实有一台马克Ⅲ型蒸汽机，你要拿什么买？”老板平复好心情，阿萨的情况他再清楚不过了，以阿萨的薪水攒不下多少钱。

“用这个。”阿萨掏出了工厂的土地所有证，这是老板绝对拒绝不了的东西，老板以前就和他商量过要买工厂的地，但是被他拒绝了。

“那是你爸爸留给你的东西，你真舍得？”老板没有伸手去拿，平静地问他。

“舍得。”阿萨点了点头。

养父是阿萨唯一的亲人，他留下来的东西阿萨一直舍不得卖掉，连机器都好好地保养着，但养父是眷恋天空的人，他临死之前都念念叨叨地想要再飞上去看看，如果知道阿萨造好最后那台飞艇，他应该也会欣慰吧？

05

装好马克Ⅲ型蒸汽机后，阿萨一直等到了晚上。

今晚还是个好天气，万里无云，几乎也没有风，至少在地面上感受不到，但对阿萨来说并非什么好事。

和天上那架巨型军用飞艇相比，"伊卡洛斯"只是个小家伙，但仍然有四十米长，即便隔着一公里远也能清清楚楚地看到，只要他们一升空，就会被军方的飞艇或者瞭望台发现。

"今晚就算了吧，我们再等几天。"阿萨说，他想要等一个阴天，最好是狂风暴雨，就算是在白天的时候也没关系，只要钻进云层里他们就安全了。

"那你可要抓紧时间，我请的假已经用光了，再请假的话老师肯定会起疑心的。"克里斯汀起身，拍了拍屁股上的灰尘。

"那就再等等吧。"飞艇建好了，梅尔反而不着急走了，"今天晚上吃什么？"

"中午的剩饭。"阿萨走向厨房。

克里斯汀刚离开没多久，又急急忙忙地跑了回来，关好大门，她气喘吁吁地说："我……我被……托里昂和爸爸妈妈看到了。"

她刚说完，阿萨就听到急速靠近的脚步声，托里昂大力敲打铁门："阿萨，你这个胆小鬼！把克里斯汀交出来！"

托里昂和克里斯汀同校，一开始得知克里斯汀请了假，托

里昂也没多想什么，以为她过两天就会来学校上课，但一个星期不见人影，托里昂就有点坐不住了，这小妞不会生病了吧？他立刻提着慰问品去了克里斯汀家，然后克里斯汀请假的事就穿帮了。

知道自己宝贝女儿请假在外面鬼混，而且天都快黑了，还没有回家，克里斯汀的父母坐不住了，和托里昂到处找她。找了一个多小时后，他们摸到了阿萨家附近，恰好看到了克里斯汀从阿萨家走出来的那一幕。

自己喜欢的女孩居然请了病假，和阿萨那个孬种鬼混？托里昂无法接受，跑上去质问克里斯汀，结果克里斯汀掉头就跑，更让他生气。

“骗女孩子算什么本事？有胆量咱俩单挑！”托里昂用力踢门。

“你能把托里昂和你父母拉走吗？”阿萨跑过来，小声对克里斯汀说，一旦让托里昂看到梅尔和飞艇就大事不妙了。

“不行。”克里斯汀使劲摇头，她太了解自己的父母了，“回去之后我肯定会被禁足的！”

“我有一个好办法，我们现在就起飞，你最担心的问题我有办法处理。”梅尔咬住拖车的尼龙绳，拉着“伊卡洛斯”来到工厂大门前。

飞艇已经充好了氦气，煤油也已经补充完毕，只要撤掉负重就能起飞。

“你有办法把军队的飞艇打下来？”阿萨问，龙的战斗力应该很强，但梅尔是一头未成年的龙，而且他翅膀上的伤也证明了他是打不过飞艇的。

“没有办法，但我有办法让他们不敢向我们开火，你还记得那天晚上看到的豪华飞艇吗？”

阿萨明白了：“你是要劫持人质？”

06

伴随着刺耳的金属摩擦声，工厂的铁门缓缓推开。

托里昂握着木棍，正要冲击进去给阿萨一点颜色看看，却听到震耳欲聋的吼声：“滚开！”

狰狞的红龙冲出工厂，差点撞倒托里昂。

旁边，克里斯汀的父母近乎呆滞，一头活生生的龙居然在他们眼前！

隔着飞艇的圆形舷窗，克里斯汀的爸爸看到了她，他跑向飞艇：“克里斯汀，快下来！”

“她是我的猎物！”梅尔张开满是獠牙的嘴，冲他咆哮，克里斯汀的爸爸被吓得连忙向后退去，这个精明的商人没有勇气挑战传说中的恶龙。

梅尔伸出爪子，割断负重物上的绳索，爬进“伊卡洛斯”尾部的货仓。

“伊卡洛斯”开始上升，煤油涌进马克Ⅲ型蒸汽机的四台黄铜气缸，齿轮组带动飞艇尾部的合金螺旋桨加速，掀起的气流吹乱了托里昂梳的三七分的头发。

蒸汽机的轰鸣声从动力舱一路传到驾驶舱，阿萨操控盯着仪表盘上的压力指示器，装好蒸汽机后他没有测试过，十年前制造的产品，出现什么情况都不用意外。

刚上升到距离地面十米的地方，阿萨就停了下来，他不着急提升高度，飞得越高，他们就越容易被发现。

阿萨将蒸汽机的功率降到三百马力，“伊卡洛斯”带着巨大的阴影从城市边缘房屋的顶部掠过。马克Ⅲ型蒸汽机的满额输出功率是六百马力，但副作用是蒸汽机的噪声非常大，就算四五百米外都能听到，三百马力可以让“伊卡洛斯”获得不错的速度，同时噪音低得多。

“在那！”梅尔指着右前方，前段时间阿萨看到的那架豪华飞艇就在距离他们不到一公里的地方，豪华飞艇的高度更高，距离地面大概有五百米。

武装飞艇停在离它不远的地方，左右两侧的巨型火铳依然收在舱室里，也没有警报声响起——“伊卡洛斯”还未被发现。

“伊卡洛斯”下方，几个孩童站在街上，兴奋地朝着飞艇欢呼。

“希望他们不会引来警察。”阿萨暗自祈祷。

“我们不能贴地飞行，离开斯尔顿吗？”克里斯汀问。当时决定和梅尔离开斯尔顿的时候，她对即将面对的危险没什么概念，她并不知道要去劫持人质，更没想过要面对军用飞艇，以及巨型火铳发射出来的钢铁炮弹，克里斯汀胆子大，但也不是真的天不怕地不怕。

“不行，晚上光线不好，很容易撞上山或者树。”阿萨想都没想就否定了这个建议，他敢在城市上方贴着地面飞行，那是因为马路上有灯光照明，他能看清楚前方的建筑物有多高，在山林里这么干唯一的下场就是坠毁。

瞭望塔上的灯光扫了过来，落在飞艇上，金属大喇叭紧跟着响了起来：“未知飞艇，请报告你的所属部门和编号！”

“抓紧了！”阿萨猛打方向舵，“伊卡洛斯”翻转身转弯，从玛利亚教堂旁边绕了过去，教堂附属的钟楼挡住了照来的灯光。

但这样的规避动作也立刻让瞭望塔上的警卫确定了“伊卡洛斯”是一架非法飞艇，嘹亮的警报声响了起来：“有非法飞艇升空！”

“有非法飞艇升空！”

灯光再度落在“伊卡洛斯”身上，原本在街上巡逻的警察们顺着灯光的指引，朝“伊卡洛斯”跑去。

地面上一盏盏灯光亮起，犹如利剑斜指向天空，远方传来大型蒸汽时特有的、犹如喘息的轰鸣声，好像一头巨兽正在缓缓苏醒，阿萨头一次见识到斯尔顿的防空系统，他要面对的危险远比想象中多得多。

一队警察跑到街角，抬枪射击，枪焰照亮了他们的脸颊，铅芯弹穿过三十多米的距离击穿了储藏室和动力舱的木板，然后失去力量，嵌在另一侧的木板里。

“伊卡洛斯”左右两侧的飞行翼扬起，一部分前进的动能转化为升力，带着它极速上升，同时阿萨将马克Ⅲ型蒸汽机的功率开满。

枪声很快消失了，他们脱离了火铳的射程，但阿萨一点也高兴不起来，马上就要进入最危险的阶段了——他们即将进入防空火炮的射界，几十公斤重的炮弹可以直接把“伊卡洛斯”打个对穿，哪怕被蹭中一点，他们也会当场变成肉酱。

“你害怕吗？”克里斯汀抓着他的肩膀。

“当然害怕。”阿萨又叹了口气，他这段时间叹的气比过去十年还多，“但是后悔也晚了。”就算他们停下飞艇，也会被抓起来，扔进监狱里。

“谢谢你陪着我，我也会陪着你的。”

“谢谢。”阿萨看着女孩翘起来的睫毛，不再胡思乱想了，就算死了，也是和自己喜欢的女孩死在一起，这好像还挺浪漫的？

07

斯尔顿火车站灯火通明，蒸汽机运转产生的白雾几乎将月台淹没，机械臂将重达两吨的炮弹塞进装甲列车的炮膛，纯钢打造的底座缓缓转动，将480毫米口径的巨炮对准半空中的飞艇。

这与其说是火炮，不如说是巨型投石机，专门用来把对手的大型军用飞艇从天上砸下来。

“瞄准完毕！”

“开炮！”

现场指挥官堵住耳朵，金属撞针同时激发底火，伴随着震耳欲聋的响声，整辆武装列车猛烈晃动，炮弹从长达二十米的漆黑炮管里射了出去。

那门巨炮的咆哮声连一公里之外的阿萨都听得清清楚楚，这是军方的第一次炮击，一登场就是大家伙，看来军方想要迅速解决问题，而且很有可能把“伊卡洛斯”当成了大型飞艇。在黑夜里，很难判断空中目标的大小和距离，这一点和海上难以预判目标一样，都缺少足够的参照物。

炮弹从距离“伊卡洛斯”二十多米的地方飞过，砸在另一边的森林里。

“伊卡洛斯”还在快速攀升，距离那架豪华飞艇越来越近。

豪华飞艇上的飞行员也发现了他们，启动蒸汽机朝着另一边飞去，那架军用飞艇则开始朝着他们靠近。

炮声接二连三从地面传来，一发炮弹击穿了客舱，木屑四溅，军用飞艇还没有展开攻击，它的火铳没办法攻击位于下方的目标。

来自地面的炮击没多久就停止了，“伊卡洛斯”和军用飞艇离得太近，很容易把炮弹砸到军用飞艇身上。

军用飞艇将所有的火铳推出舱门，只等着“伊卡洛斯”进入它的射界。

“最刺激的部分要开始了，靠近那架豪华飞艇，但要小心点，那架飞艇上有两门用来自卫的大型火铳。”梅尔的声音从货仓里传来。

“知道了。”阿萨开始过载蒸汽机，他不是个合格的飞行员，但这架飞艇是他亲手打造的，他就像熟悉自己的身体一样熟悉它。

这架“伊卡洛斯”比标准版轻了四分之一，也更灵活，再加上过载的马克Ⅲ型蒸汽机提供的九百马力的澎湃动力，现在的它就像是飞在云端的天马。

这匹“天马”以惊人的速度进入火铳的射界，然后离去，二十门火铳同时开火，然而连它的尾巴都没摸到。

“伊卡洛斯”转眼间来到了军用飞艇的上方，再次进入对方的射击死角，军用飞艇紧跟着攀升，但过于庞大的体型注定了这是个耗时不短的过程。

豪华飞艇开始逃逸，但它没有“伊卡洛斯”的速度快，双方的距离不断拉近。

飞艇上的保卫人员推出了大型火铳，口径没有军用飞艇上的那么大，但也足以把人轰成两半。

趁着保卫人员装炮弹的功夫，“伊卡洛斯”飞到了豪华空艇上方。

靠得足够近了，梅尔跳到了豪华浮空艇外面的观景平台上，然后冲进了舱室里。

飞艇里狭小的走廊勉强能容纳下梅尔的身躯，他嗅到了空气里熟悉的味道，破开这架飞艇里最大、最豪华的舱室的门。

“好久不见啊，公主殿下！”梅尔盯着舱室里年轻的银发女孩。

“愣着干吗？开枪啊！”伊莲娜公主朝保卫人员大喊。

保卫人员扣下扳机，但子弹根本打不穿龙鳞，梅尔一爪子把保卫人员拍飞，抓起公主，原路返回。

“别跟着我们，不然就撕票！”梅尔冲着跟过来的保卫人员们晃了晃手里的伊莲娜，跳进“伊卡洛斯”的货舱里。

08

“你真把公主绑了？”阿萨看着眼前的伊莲娜，不敢相信。

“我早就说过，要帮你抢个公主。”梅尔笑得有些得意，“不用客气。”

“客气你个头！你知不知道这样王国一定不会放过我们的！”阿萨有点抓狂，军队的飞艇确实没有跟过来，但这只是暂时的，绑架公主可是大罪，绝对要把阿萨他们的脑袋砍下来才算完。

“就算不抓公主，他们也一样不会放过我们的……”梅尔解释说。

梅尔就是被伊莲娜从天上打下来的，这段时间伊莲娜一直停留在斯尔顿，也是为了找他。龙之岛其实就是机械城，王国一直想要得到机械城的技术。

“只要能够帮助我拿到机械城的技术，我可以给你们封官加爵。”伊莲娜对阿萨和克里斯汀说。

“我对封官加爵没兴趣。”阿萨摆了摆手，“公主殿下，我放了你，你也放过我们好不好？”

“就算我说好，你的这头红龙朋友也不同意啊。”伊莲娜看向梅尔。

“我不相信这个女人。”梅尔歪过头。

克里斯汀跑到了货舱里：“前面是风暴，怎么办？”

“冲进去，冲进暴风眼里，只有拥有红龙之心的人才有资格登临龙之岛！”梅尔说。

阿萨明白他的意思，王国找了那么多年都没找到机械城不是没有原因，机械城的入口藏在暴风眼里，任何飞行员都不敢往风暴里面开，那相当于自杀。

“伊卡洛斯”冲向暴风眼，如同惊涛骇浪中的一叶小舟不停翻滚，完全失去了控制。

“梅尔，你可千万别认错了风暴啊！”阿萨抱紧方向舵，没多久就被晃晕了。

09

不知道过了多久，“伊卡洛斯”平静了下来，阿萨也重新睁开了眼睛。

机械城就在前方，那是一座浮在空中的城市，看不到一点绿色，到处都是转动的齿轮和冒着白色气浪的蒸汽机。

“伊卡洛斯”落在机械城中央的广场上，阿萨走下来，环顾左右，没有看到一个人。

“这里的人呢？”克里斯汀问。

“这里早就没人了，我就是因为这里太无聊才跑到外面玩的。”梅尔的神情有些落寞，龙的寿命非常漫长，他虽然还在少年期，但其实已经活了好几百年了。

梅尔带着他们逛了一圈，几百年无人管理，机械城依然运转得井然有序，蒸汽火车按时发车，清洁机器人擦拭街边商店的玻璃，和地面的城市唯一的区别就是缺乏生机。

“这里原来的人呢？”阿萨问。

“都死了，只有我活了下来。”梅尔看向一直沉默着的伊莲娜，“你们的杀人机器已经足够好了，不需要更好。”

那场战争已经结束了几百年，几乎所有的痕迹都被清理掉了，没有血迹，没有尸体，街边窗户的玻璃也换上了新的，但偶尔可以从墙边、地面上看到子弹留下的痕迹。

机械城的技术很发达，但结局并不好，王国方面也希望将机械城的技术用在军事上，再次向邻国发动战争。

伊莲娜依然没说话，好像在思考什么。

晚上睡觉的时候，阿萨把伊莲娜用绳子捆了起来，然后锁进了一间库房里。

早晨睡醒，阿萨去给伊莲娜送饭，却看到库房的门敞开着，伊莲娜已经不见踪影，只有一截被割断的绳子落在地上。阿萨他们太小看伊莲娜了，她不是弱女子，她接受过训练，只要一片刮胡刀就能切开绳子，捅开门锁也不是什么难事。

“坏事了！公主跑了！”阿萨丢下餐盘，跑向广场，果然看到“伊卡洛斯”不见了。

“跑了？”梅尔和克里斯汀跑过来。

“机械城还有浮空艇吗？现在追或许还来得及！”阿萨说。

“估计她已经跑了好几个小时了，来不及了。”梅尔望向天边，连飞艇的影子都看不到，“早知道这样，当初就该狠狠心，把她杀掉！”

“但我也不是没有办法，你们跟我来。”梅尔按下广场东南角的机关，附近的地砖缓缓陷下去，形成螺旋向下的台阶。

沿着台阶一直向前，他们来到了一间操作室里，像这样的操作室机械城一共有四十多间，每一间都控制着一座自卫火炮。

“可惜我们只有三个人，最多也就能启动三门火炮。”梅尔暗下绿色的启动按钮，操作室升到了广场上，一同升上来的还有一门二十米长的火炮，三段式的炮身，越到末端越细，螺旋状的膛线充满力量感。

这门炮比武装列车上的巨型火炮轻得多，也更灵活，论精度和射程，是巨型火铳远不能及的。火铳是精简版火炮，连膛线都没有，炮身也太短。

“王国的军用飞艇也不是很多，我们应该能打退他们。”克里斯汀给他们打气，但阿萨心里还是没谱，这次可真的是要和整个王国为敌，没有一点缓和的余地。

克里斯汀留在这里，梅尔带着阿萨来到不远处的另一间操作室。

看着缓缓升起的自卫火炮，阿萨问梅尔：“如果我们挡不住怎么办？”

“我的朋友，你已经为我做了很多了，这本来就不关你的事。”梅尔拍了拍阿萨的肩膀，这是梅尔第一次叫阿萨朋友。

10

王国的飞艇来了，比阿萨想象的要多得多，四架巨型飞艇，二十多架中型飞艇，小型飞艇更是和蝗虫一样多。这些飞艇不全都是军用型，王国是来接收机械城的，如果不能接收，那就搬空它。

阿萨操纵火炮对准军用巨型飞艇开火，接近半米粗的炮弹在半空中拉出一道白烟，击穿飞艇座舱用铁皮加固过的外壁，延迟引信让它往飞艇内部又飞了十几米才炸开，附近的士兵被冲击波和杀伤碎片撕成了漫天碎肉，随即被烈焰吞噬，走廊里的护栏被扭成了一团烂铁，原先被击穿的外壁被撕出一个直径八米的伤口，黑烟和火光从中冲出。

巨型飞艇的螺旋桨慢慢停了下来，用来输送蒸汽的黄铜管也断了，这架飞艇失去了动力，短时间内是修不好了。

梅尔和克里斯汀也开火了，他们选择的目标同样是威胁最大、最容易命中的巨型飞艇，但只有一架飞艇失去了动力，另一架继续向前。

王国的飞艇快速变换方向，遭遇攻击是预料之内的事情，他们一点也不惊慌，所有的非战斗飞艇都撤到了队伍最后面。

上百门火铳先后开火，但离得太远了，不少炮弹从机械城下方飞了过去，只有巨型火铳成功击中了机械城，但压根没有准头可言，炮弹落在距离阿萨他们几百米远的地方。

飞艇一艘接着一艘失去动力，甚至直接炸成碎片，但也一点点靠近，他们的火铳越来越准，广场旁边的建筑物被砸塌了好几座。

一枚炮弹砸穿了操作室的围墙，操作台也被砸成了一堆废铁，看着天上还剩大半的飞艇，阿萨知道没戏了。

他转身跑到克里斯汀那里，带着她找到了梅尔。

梅尔这里也遭到了炮击，不过他的运气没有阿萨好，炮弹击穿操作室直接砸到了他身上。红龙的鳞能挡住子弹，但挡不住火铳发射的实心炮弹，他的左半边身子几乎被碾成了肉酱。

“你终于来了。”梅尔躺在地上，有气无力地说，他现在还能说话就已经很了不起了。

“我带你走，离开这里，他们想要杀，那就让他们去杀吧！”阿萨拽起梅尔，想要把他拉出去，可阿萨的体重还不到梅尔的三分之一，拽不动他。

“别浪费力气了，你们走吧。”梅尔甩开他的胳膊，“王国的军队马上就要开始登陆了。”

“可是我不能扔下你啊！”阿萨快哭了，梅尔是唯一把他当成朋友的人，他不能扔下朋友不管。

“不是扔下我，我有件事情想让你帮忙。”梅尔按下操作台的红色按钮，金属台托着一枚拳头大小的红水晶升了上来。

这颗红水晶比阿萨见过的任何一枚红水晶都要漂亮，都要鲜红，好像浸透了血。

“这是一颗能量核心，是机械城最宝贵的东西，也是王国最想要的东西，只要有了它，就能得到永不枯竭的能源，蒸汽机永远不会停转，战争的铁蹄也永远不会停下……”梅尔说，每座操作台下面都有一颗能量核心，梅尔会把其他所有的能量核心都毁掉，只留下一颗作为机械城存在过的证明。

“我的朋友，我收回之前对你说过的话，你不是懦夫，你有一颗红龙的心。”梅尔把能量核心塞给阿萨，“我是机械城的守护者，我们都在做应该做的事。”

11

在伊莲娜的指挥下，王国的军队开始登陆。她没有在这件事上浪费太多时间，而是驾驶着一艘小型飞艇寻找阿萨他们的踪迹。她了解那头红龙，想要撬开机械城守护者的嘴太难，最好从阿萨他们身上下手。

伊莲娜发现了阿萨和克里斯汀，他们已经跑到了停满飞艇的厂房里，即将登上飞艇。

伊莲娜操纵飞艇撞碎厂房的玻璃窗，冲了进去。

“停下！不想死就马上停下来！”伊莲娜大喊，小型飞艇自带的火铳同时开火，炮弹击穿了距离他们最近的那架飞艇。

阿萨拉着克里斯汀停了下来，再不停下，就不是警告射击了。

“很好。”伊莲娜从飞艇上跳下来，走向阿萨，“我从一开始就看出来，你是个识时务的人。”

“公主殿下真懂说话的艺术，你其实可以说得更直接一点，我不介意。”阿萨苦笑了一下。

“阿萨，你想干吗？”克里斯汀难以置信地看着他。

“当然是给我们找一条活路。”阿萨叹了口气，完全没有要反抗的样子。

“你手里拿着的是能量核心？”伊莲娜看到了阿萨手里的东西，加快脚步。

阿萨不顾克里斯汀的阻拦，双手奉上能量核心，然而就在伊莲娜手都伸出去的时候，阿萨猛然抓住了她，用能量核心尖锐的棱角抵住了她的喉咙：“不想死就让你的士兵别动！”

“放开我，我可以当这件事情没有发生，只有我能给你免罪！”伊莲娜是见过大场面的人，阿萨的反应确实在她的预料之外，但她没有惊慌失措，远远地一枪把人的脑袋打碎和亲手割断对手的喉咙闻着腥甜的血腥味是不同的，不是谁都有那个勇气。

阿萨没说话，拖着伊莲娜登上飞艇，有公主殿下挡在中间，士兵们根本不敢开枪。

克里斯汀启动飞艇，飞离机械城。

“别闹别扭了，投降吧，你没有第二条路。”伊莲娜说。

阿萨唯一的出路就是投降，交出能量核心，她依然会给阿萨免罪，否则等着他的就是被整个王国追杀，和整个王国为敌，连疯子都不会这么干。

“确实没有，但这就是我的选择。”阿萨看着开始自毁的机械城，割断了伊莲娜的喉咙。

阿萨确实不是疯子，但你的朋友死了，你怎么能不做点什么？何况那还是你唯一的朋友，是能为你抢公主的人。阿萨也不想让战争之火蔓延到无辜者的头顶上，不只是因为梅尔，阿萨自己就是战争孤儿，不想让别的孩子和他一样连爸爸妈妈都没见过，能量核心绝不能落到伊莲娜他们手里，王国或许有实力解析出其中的技术。

阿萨把伊莲娜的尸体推出舱室，能量核心爆炸产生的烈焰吞噬了城中的士兵和飞艇，机械城自身也开始解体，大大小小的碎石、建筑碎片坠向地面，那些超越时代的技术将被永远埋在废墟之中。

但有东西证明他们存在过，阿萨拉着克里斯汀的手，将能量核心塞进蒸汽炉，这永不枯竭的能源将推动这架飞艇运转到时间的尽头。

End

人格测试

PERSONALITY TEST

把龙放进冰箱有几个步骤？

- A.3 个（+5）
- B. 先屠龙（+3）
- C. 哪来的龙（+2）
- D. 这世上根本没有龙（+1）

审判裁定：▸▸▸ 剥夺幻想能力，终身监禁。

[罪梦者]

罪行：曾靠梦境在高空造出一架飞艇，撞毁一颗卫星。

危险程度：▸▸▸S

ID：F-007

罪梦者　鱼长吉

男，大学在读。好书好游戏，嗜睡嗜乐曲。目标是成为一个童叟无欺的卖字专业户。

楔子

夜幕沉沉，流云的缝隙间时不时漏出一点月光，有时候打在麦克的眼睑上，有时候打在麦克的眼睛里，让他不禁想起："自己有多久没见过完整的月亮了？"

船长室里只有他一个人，灯没有开，这间尚未熟悉的屋子此时仿佛张开了嘴，要把他吞进黑暗里。麦克打开灯，驱散了无聊的幻想，敲门声响起，他说："请进。"

"船长，已经找过了，他应该不在船上了。"来人说。

"你觉得他会去哪儿？"麦克问。

"这……我跟他不熟，也许去地面了吧。"

麦克笑了笑："我以前经常跟他看月亮，我觉得他可能要到月亮上去。"

那人没有说话，他还摸不清楚这位新船长的脾气。

“找不到就不要找了，先去通知全体船员，把这件事定性为失踪，然后去记事阁把他的履历销掉。”麦克思考道，“至于他的亲人，敷衍一下，警告他们别再提起这件事，要优待他们，保持观察。”

“要通知其他舰艇和两端的人吗？”

“不，这件事要烂在肚子里，”麦克说，“我相信他也不会说自己是哪艘船的。”

那人领了命令走了。麦克又关掉灯，云层变厚了，月亮的光斑也被吞进了黑暗里。

“没有人知道自己死去的时候会看到哪颗星星。”麦克想，“你又想看到哪颗星星呢？”

01

云艇转入维拉航道以后，速度就放缓了，甲板上云雾的流动也逐渐变慢。理查从甲板上的舱房跳下来，顺着甲板的栏杆蹑手蹑脚地往仓库区走。云层还很厚，把太阳光都遮挡在外面，甲板上既暗又多云，没人会发现一个敏捷的小男孩。

白龙号云艇是一艘旧式的大型飞艇，算上甲板一共五层，甲板上是两层舱房，甲板下是引擎室、仓库区等功能性舱室，理查在白龙号上出生，如果没有意外，将来也会在白龙号上死去。但是人的一生很难不发生意外，就像理查的爷爷老是念叨的那样：没有人能决定自己死去的时候会看到哪颗星星。

理查在白龙号上的日常工作是清洁，船上其他像他这么大的孩子很少有做这个的，他们宁愿去瞭望台当助手或者在驾驶室帮忙计算航线，相比之下，做清洁又累又学不到什么东西，除了补贴好一点，根本没什么好处。

但是理查深思熟虑过，第一，他在船上唯一的亲人只有卧病在床的爷爷，疗养费不用他操心，白龙号会赡养它的老员工，但是留给理查的钱并不多，清洁员的补贴会让它过得舒服一些；第二，清洁员加上儿童的身份，能让他出现在什么地方都不会惹人怀疑，这对于想打听某些消息的他来说十分重要；第三，做清洁的时候经常会捡到一些东西，小额钞票和能换钱的小东西自不必说，有时候修云艇退换下来的零件也由他去处理，靠着这几年的清洁工作，理查甚至秘密地造出了一台两人座的小飞艇，尽管他不确定这一堆垃圾拼起来的东西能不能飞。

而在最近，理查达到了他搞卫生捡东西的巅峰——他捡到了一个人。准确地说，他在仓库区发现了一个陌生人。

这在一艘云艇上并不常见，众所周知，一艘云艇一般承载着一个大家族，比如白龙号上的人基本上都姓罗素，尽管这些姓罗素的人之间可能没有血缘关系。而作为客人的外来者都会出现在甲板上的舱房里，会出现在仓库区的陌生人，理查想，应该是语文课堂上教过的“不速之客”吧。

但是他却没有向船上的大人们报告这件事，尽管这个人身披黑色大衣，脸上戴着面罩和奇怪的眼镜，完全看不清长相和身材，但这个人见到理查时说的第一句话，就让理查不得不把他隐瞒下来，甚至转而要与他合作。

他说："你是理查·罗素？和你父亲长得真像。我倒有很长时间没见过他了。"

他的声音嘶哑低沉，似乎与理查的父亲相识颇久，而理查的父亲，在他很小的时候就失踪了。

02

李斯特·罗素这个名字在白龙号上似乎是一个禁忌，不要说问其他人，哪怕是问自己的爷爷，也只会得到敷衍了事的回答。父亲究竟为什么忽然消失了？怎么消失的？他还记得父亲小时候抱着他在甲板上看星星，而父亲失踪以后，白龙号甚至很少脱出云层，这是不是和父亲有什么关系？这些疑问伴随着理查的成长，久而久之，父亲的面貌越来越模糊，疑问却越来越清晰。伴随着疑问的甚至有一丝痛恨，父亲是自己消失的，是否可以理解为父亲抛弃了自己呢？要多么重要的事，或多么冷漠的心，才能使一个父亲抛弃自己的儿子？

清洁的工作并没有带来多少突破，很少有人会主动提起李斯特，而他自己去问又根本不会有什么结果。就在理查打算找机会闯进船上的记事阁翻看白龙号的航行日志，或者直接敲开船长室坦白他的疑问的时候，他在仓库区的一个箱子里发现了那个不速之客，他躺在一根崭新的替换炮管里，理查打开那个箱子本来是为了看看有没有什么东西能安装在自己的小空艇上的。

理查吓了一跳，他以为自己的小偷小摸行为终于被大人们发现了，这个人是在箱子里埋伏自己。但是他的装束又很奇怪，不像船上人的打扮。面罩和大衣先不说，那副眼镜居然有三个镜片，呈“品”字形排列，镜片颜色又是全黑的，看不清后面的眼睛，让人感觉既怪异又可怕。

那人似乎看了理查一眼，就说出了关于他父亲的那句话。

理查几乎是蹦起来喊道：“你认识我爸爸？！”声音在空旷的仓库区里不停回荡。

“嘘。”那人皱了皱眉毛，“你喊这么大声干吗？”

“我，我太兴奋了。”理查自觉失言，赶快压低声音，“你真的认识李斯特·罗素？”

“知道。”那人的手放在大衣里，一动不动，“但我不告诉你。”

“为什么？”理查既失望又恼火，为什么每个人都要向一个儿子隐瞒他父亲的事？“你，你可要想想自己现在的处境！”

“哟哟，还威胁我。”那人的手从大衣里伸出来，手上握着一个奇形怪状的器械，对准了理查的头，“我倒要劝你想想你的处境。”

“干吗，不说就不说，大不了我再去问别人。”理查挥手拍开那个器械，黑黑圆圆的洞口阻挡了他的视线，而且他好像本能地反感被这东西指着，“总会有人愿意告诉我的，爸爸是个好人。”

“你不认识枪？”那人摇了摇头，把枪收进大衣里，“你们被保护得真好。”

“你们？”

“你能看得出来，我不是这艘船上的人。”

“你是哪艘船的？姓什么？”

“我哪艘船的人也不是，我是从地上来的。”那人说，“至于姓什么，我也不想告诉你。”

理查愣了，他活到现在，还是第一次接触到“地上的人”这个概念，他知道有海洋有陆地，但是不知道那种地方也有人。

那人忽然抬起手来转动了一下镜片，于是右眼的镜片转到了眉心，左眼的转到了右眼，而本来在眉心的镜片转到了左眼，他说：“有人来了，一定是你刚才的声音太大了。”

“如果你想知道你父亲的事，过几天之后再来找我，我就在仓库。”那人轻巧地从箱子里翻了出来，没发出一点声音，“如果你不想……不，你肯定会来的。”

他俯低身子，往前一蹿，就消失在仓库区里茫茫的箱子阴影中，安静得像猫。

过了一会儿，果然有两个船员来到了仓库区，问道：“理查德，发生了什么事？”

“没什么。”理查说，“我刚才不小心摔了一跤。”

几天后，他特意选了个没人的时间，去赴这个关于他父亲的约定。

03

仓库区还是那个仓库区，但在理查眼里却变得神秘起来，难道这里有一扇连通陆地的门？

他静悄悄地走进去，尽量小声地喊道：“三只眼，你在吗？

三只眼？”

“你才叫三只眼。”从仓库的深处传来了那人的声音，“往里面走，我在货架上面。”

理查往仓库区深处走，在堆叠的大箱子后面的一个货架上找到了三只眼，他用渔网在货架中间做了张吊床，地上还摆着罐头和水壶。

“你胆子真大。”理查看了一眼，发现渔网也是船上的。

“和平年代，人们的警惕性都比较低。”三只眼说，“船上为什么会有渔网？你们又碰不到鱼。”

“只是叫渔网而已，其实是用来捕鸟的。”理查说，“也有会捕鱼的船，不过在白龙号上想要吃鱼要去云艇集会买。”

“云艇集会？比如这艘船的目的地维拉？”三只眼问。

“你不是地面来的吗？知道得还挺清楚。”理查有点奇怪。维拉是浮游云艇悬苍号的姓，浮游云艇又高又大，是一种类似于空中堡垒的巨型云艇，但是因为飞行速度缓慢，一般充当云艇的聚集区，久而久之就形成了交易物品的集市。

“实话告诉你，我潜入白龙号的目的就是维拉集市，碰到你算是个……”三只眼想了想，“意外之喜吧。”

“那些我不想知道。”理查摇摇头，“快告诉我爸爸的事情。”

“我没那个义务。”

“你说你要告诉我的。”理查有些着急。

“我又没说这次就告诉你。”三只眼说，“笨蛋小鬼，情报都是有价格的，不巧，你老爸的事情还挺值钱的。”

“要钱？我有。”理查说。

“小孩子的钱我还看不上。”三只眼说，“不过，你如果肯帮我一个忙，我就告诉你。这次是真的。”

“什么忙？”

“去维拉集市上帮我买件东西，要尽快，最好集市一开你就能进去。”

“我不信。”理查说，“你胆子这么大，为什么不自己去？”

“笨，在飞艇上潜伏和在集市里光明正大地购物是一回事吗？”三只眼指了指自己，“就我穿的这身衣服，一走出仓库就得被人抓住。”

“你怎么来的？准备怎么走？”理查忽然问道。

“这个也不告诉你，但你可以认为我来去自如。”

“你怎么什么都不肯说。”

“情报都是有价格的。”

两个人都没再说话，短暂的沉默之后，理查又问：“你要买什么？我去买。”

“到一个蓄了胡子的光头那里买一个会发光的正方体，白色的，大概巴掌大。当然，白天是看不到发光的，你要用这个。”三只眼递给理查一个圆圆的镜片，“放在眼睛上看。”

“这不就是一块玻璃？”理查捏着镜片，放到眼睛前面，令他吃惊的是，眼前一片漆黑，连仓库的灯都看不到。

“这个不是透明的？”理查又摸又敲，但这东西怎么看都是玻璃，“怎么回事？”

“我也不知道，总之你拿去用就是了。”三只眼说，“你也别问我要买的正方体是什么东西，乖乖买来就是。”

“我知道，情报是有价格的。”理查点点头。

“孺子可教。”三只眼似乎笑了一下。

04

到维拉集市的前一天晚上，理查去船上的卫生部请了假，理由自然是购买日常用品，也毫无阻碍地被批准了。离开卫生部的时候，工作人员提醒道：“不要开小型飞艇，走接驳道路直接去维拉的码头，这段日子有云鲸在附近出没。”

理查点点头，没放在心上。云鲸是一种生活在天空中的大型动物，体型大的接近一艘中型云艇，不过智商并不高，也不亲人，有时会听到有云鲸撞翻船只的新闻，也算是航行中的危险因素之一。不过理查既没有真正的飞艇，也不会驾驶，云鲸怎么样和他没什么关系。

第二天一早，在白龙号播报“本机已脱出云层”之前，理查就来到了甲板上，云已经很薄了，头探出栏杆外可以看到淡青色的天空，西边挂着弯弯的白月牙，太阳就要升起了，理查隐约听到幽幽的低鸣，那是云鲸的叫声。

白龙号在维拉的港口靠岸，码头和白龙号之间架起了宽大的铁桥，理查攥住那块奇怪的镜片，跟着人群登上了悬苍号的甲板。

这是理查第一次登上浮游云艇，它的庞大完全超出理查的预料，甲板一眼望不到边，而且有很多层，舱房——或许该叫住宅区，和功能区都在很远的地方，似乎要搭甲板上的小客车才能快速到达。

“天啊，也就是说悬苍号上的人们都姓维拉。”理查喃喃自语，“名字真的够用吗？”

所幸维拉集会的开设地点就在他登陆的这一层，不然找路和花费的时间都让人头疼，没有什么比迷失在一个庞大复杂的立体结构中更让人感到焦头烂额的了，何况理查还有要紧事要办。

“蓄胡子的光头，蓄胡子的光头……”理查一边走一边观察，这个时间集市里的人还不多，再晚一点的话，以他的身高就什么都看不见了。

“有了。”理查看到一个小摊子，摊主正是一个蓄胡子的光头，此刻他还缩在椅子上打瞌睡。他走近了看，只见桌子上摆着一些可有可无的小零碎，看上去像是卖杂货的。

“老板，开张了吗？”理查问。

“啊？”老板张开眼睛，看到是一个小孩儿，又把身子往椅子里缩了缩，嘟囔道，“随便看，随便看。”

理查掏出镜片，放到眼睛上，扫视一圈，果然发现有一个小方块在发着淡淡的光，他收起镜片，先挑拣了一些小孩子喜欢的新奇玩意儿，最后才不动声色地把那个小方块也拿到了手里，问：“老板，这些多少钱？”

老板报了一个数字，理查把钱交给他，那光头便又缩回椅子里去了。

“就这么完事儿了？”理查提着一包乱七八糟的东西往回走，“原来真的只是买东西。”

他掏出那个小方块，入手只觉沉甸甸、凉丝丝的，握在手心里还挺舒服，外表既没有裂缝也没有杂色，感觉既不是金属也不是石头，理查就这样攥着它，埋头往白龙号上走。

来维拉集市的人越来越多，理查在人群中钻来钻去，忽然被一只手抓住了肩膀，然后就听有人说：“哎，理查德，你怎么往回走？”

理查抬头一瞧，原来是同船的一个男孩，叫埃德蒙，曾经和他一起做过清洁员的工作。理查有点不耐烦地说：“我逛完了，正要回船。”

“这么快？你起得真够早。”埃德蒙有些惊讶，“不过你回去的时候可要小心，我听说船上发现了可疑的人。”

“可疑的人？”理查有种不祥的预感，更加感到着急，“什么样的？”

“不知道，有人在甲板的角落里发现了没见过的空罐头，怀疑有人混进了船上，正到处找呢。”

完了，三只眼要被发现了。理查急忙说道：“我肚子疼，得赶快回去，你帮我拿一下。”说完他把装杂货的袋子塞给埃德蒙，只留小方块在手上，挤开人群向码头跑了过去。

05

船上的人们乱糟糟的，似乎还没捉到三只眼。理查此时反而慢下了步子，他捂着肚子装作要去厕所的样子，挪着身体慢慢靠近了仓库区，趁没人注意一闪身溜了进去。

“三只眼，三只眼！”理查在仓库里边跑边喊，他不确定三只眼是不是还留在仓库里，也许他看形势不对已经走了？

“嘘，你喊什么。”三只眼在箱子的阴影里探出头来，“嫌我被发现得不够快吗？”

理查跑进了阴影里，三只眼问：“东西拿到了吗？”

“拿到了，”理查扬起手来，把小方块攥得死死的，“不过我改主意了，你要带我走，也得告诉我爸爸的事。”

“臭小子，你这是坐地起价。”三只眼骂道。

“我现在喊一声，你不仅拿不到这东西，还得被抓。”理查毫不退缩，“怎么样？”

“带你走？我也得自己能走啊。”三只眼哼了一声。

“你不是说你来去自如吗？”

“那也得先出仓库啊，外面这么多人，我一出去就得被抓。”

“这……”理查皱着眉头，他忽然看了看三只眼，似乎想到了什么，“出仓库后不被抓就能离开白龙号？”

“只要给我一点时间。”

“我有办法，你肯带我走吗？”

“我讨厌拖油瓶。”三只眼说，“不过事已至此，也没得选。”

“好。”理查走到三只眼面前，转身背对着他，“你不是有枪吗，我做你的人质。”

“好小子。”三只眼左臂卡住理查的脖子，右手掏枪顶住他的太阳穴，二人往仓库外面走。一出门口，三只眼立即大喊："都别动，不然这小子马上没命。"

甲板上的人听到这一声命令，本来骚动的人群顿时安静下来，离仓库近的几个人想要扑过来，但看着被枪顶住的理查，还是不敢轻举妄动。

三只眼拖着理查往甲板的栏杆走，理查小声说："喂，你不是要跳下去吧。"

"不是。"三只眼胸有成竹，"不过还是要跳的，你做好准备。"

说完，他的面罩里忽然发出了低低的鸣叫，像是风在吟啸，白龙号周围的云里也传来相同的声音，似乎在与三只眼相和。

云里的声音越来越近，三只眼抬手向天空开了一枪，把甲板上的人群震得一愣，他对理查说："小鬼，跳起来。"说完背部顶着栏杆向后一翻，两人跌入了云海里。

此时，一条云鲸翻出云层，大嘴张开又合上，掠过白龙号，向远处飞去，慢慢消失不见了。

06

"欢迎来到地面。我们现在在海滩上。"三只眼从云鲸嘴巴里走出来，看到理查正扶着一棵椰子树哇哇呕吐。

"我第一次坐这东西也吐，一着陆跑得比你都快，但还是吐在里面了。"三只眼递给理查水壶，把面罩和眼镜都摘了下来，"后来就习惯了。"

理查吞了一大口水，又吐了出来，脸色还是苍白。"谢谢。"

他把水壶递还给三只眼，忽然一惊，“你是女的？”

“是又怎样？”摘下面罩的三只眼声音和之前完全不同，从嘶哑的男人变成了成熟的女性。她又脱下大衣，理查能清楚地看到三只眼身体上起伏的曲线。他的脸忽然红了起来，其实刚才被三只眼挟持的时候他的头就顶到了软软的东西，只不过当时没多想。

“你怎么不早说？”理查扭过脸去掩饰尴尬。

“做我们这个行当的，伪装不可避免。”三只眼说，“而且男人的身份一般来说便利一些。”

“你到底是做什么的，小偷？”理查问，“我看你溜上船也没人发现。”

“情报贩子。”三只眼没有隐瞒，“反正也是做买卖的。”

“那你拿这个就是为了卖？”理查伸出手来，晃晃那个小方块。

三只眼摇了摇头：“我只卖情报，不卖东西。另外，别叫我三只眼了，我叫波子。”

“波子？姓什么？还有，你住哪？”理查脑子里依然是云艇家族那套思维。

“没姓，就叫波子……住在哪，算是居无定所吧。”波子说，“做买卖要到处乱跑，不然没钱赚，特别是情报贩子。”

“那个东西……云鲸，是你的朋友吗？”理查抬头看了看面前仍张着大嘴的生物，感到不可思议，云鲸居然没有把他俩吃掉，“还是说是宠物？白龙号上有养鸟的，养这么大的我还是第一次见，它吃什么呀？”

波子走过来，敲敲云鲸的外皮，发出了“空空”的声音，她说：“这个东西真的能骗到你们？这不是什么动物，根本没有这种动物，它是旧文明的遗产，一种自动巡游的飞行器。我能控制它，是因为我有它的行动声码，就存储在我的面罩里，那是一个带数据保存功能的变声器加小喇叭。”

理查大吃一惊，也走过去拍了拍，壳子似乎是极薄的金属，凉而硬，确实没有生命的气息。

“这……我从来没觉得有什么不对，毕竟也没有近距离接触过。”

“云中人想过安逸日子，不告诉你们也情有可原。”波子说，“少了解就少危险。”

“什么意思？从刚才开始我就没听懂……”理查挠挠头，“旧文明？云中人是指我们吧……”

“这些情报本来都挺贵的，不过算了，免费告诉你。”波子笑道，“一百多年以前，人类还是生活在陆地上的，天上飘浮的只有云彩，但是忽然有一天，下了一场雨，从东八区开始下，绕了地球一圈，又回到东八区，把整个地球淋得透透的，沾到雨滴的人都消失了，人类文明就此瓦解。那场雨被称为毁灭雨。”

理查瞪大眼睛：“一场雨就浇没了？你看我是小孩就糊弄我是吧。”

波子摇摇头：“我能打听到的信息就这么多，毕竟过了一百年，真相究竟是怎样恐怕已经没人知道了。”

她又说："要是能让我知道真相就好了，这对情报贩子来说可是无价之宝。"

"但是，你不是生活在地面的吗？为什么你没事？"理查又陷入了疑惑，"而且我不是还好端端地生活在云艇上？按理说雨也会浇到云的啊。"

"我不是生活在地表的，我是地下人。百年前的人类文明范围已经上至外太空，下达地壳下，所以当时在地下的人类幸存了下来，并且成了人类文明的最后一支。"波子看着理查，"而你们云中人，是从地下到云中去的。"

"这又是为什么？地上不是很危险吗？"

"具体的我也不清楚，那也是几十年前的事情了，总之就是有一批人从地下跑了出来，逃兵也好叛徒也罢，发展到现在就成了你们这些乘坐云艇整日不落地的人。"说到这里，波子忽然撇撇嘴，"哎，这些东西本来要收你很多钱才会告诉你的。"

"好了好了，守财奴。"理查白了她一眼，"我可是救了你一命啊。"

"话说，你该把那个东西给我了吧。"波子盯着理查的手。

"你还没把爸爸的事告诉我。"理查把手藏到身后。

"你老爸的事情真的很值钱，"波子叹了口气，往云鲸的嘴里走去，"那我们边走边说吧。"

"去哪里？又要坐云鲸？"

"去能用到那块正方体的地方。"波子向理查伸出手，"快点，你不想听你爸爸的事吗？"

07

云鲸的嘴里很黑，也不舒服，时常会因为飞行而倾斜到各种角度，理查努力抑制自己想呕吐的冲动，他想，这个东西可能一开始就不是为了载人而设计的。

一片漆黑之中，波子先开了口："你今年十六岁吧？"

"嗯。"理查不敢多说话，怕吐出来。

"你父亲是十四年前失踪的，当时我比你现在还小十岁，我们俩曾经见过面，在地下。"

"什么？爸爸怎么会去地下？"理查一惊。

"这件事保守得很严密，在我生活的社会也是机密事项。"波子顿了一下，"我长大后，第一次打听的就是这件事，说起来也是我的第一桶金。"

"你父亲是去地下社会游说的，他要找几个人陪他一起飞上天空。"

"飞上天？他自己就从天上出生啊。"

"不是你们待的那个天空，要比那更远、更高。"波子说，"他们要去太空。"

"啊？去那里干什么？"理查整个人呆住了，他第一次有了"还能往上"的想法。

"不知道，这是机密中的机密了。我们地下社会，是严禁飞行的，其实连到地面上来都禁止，他们被毁灭雨吓破胆了。"波子语带不屑，"我猜，你们云中人也不会飞到比云层更高的位置吧？"

理查想了想，好像记忆中确实没有俯瞰云层的画面，便说：“好像是这样。”

“大家都很怕，毁灭雨肯定是真的。”波子喃喃道，“但是究竟为什么？”

“那，爸爸成功了吗？”理查问。

“成功了，而且是大获成功。”波子说，“我当时偷偷跑出来，看着火箭发射升空的。”

“但是。”波子又说，“他已经十四年没回来了……”

理查顿时感觉心脏被绑了块大石头，不停地往下沉，喉咙也好像塞了棉花，发不出一点声音。

“这些年来，我一直在查这件事，最近听到消息说有个可能和毁灭雨有关的东西流入了云艇市场，我就潜入了白龙号，然后碰到你了。”波子道。“其实我一开始说认识你爸爸是诈你的，你当时挂着工作证，上面写着你的名字，我知道李斯特·罗素的儿子叫理查，就说一下试试，没想到真是你……”

波子的声音渐渐小了下去，她知道理查不想接话。

云鲸在两人的沉默中飞了很久，理查忽然问：“你知不知道怎么去太空？”

“不可能的。”波子否认道，“你父亲的火箭是依靠他的积蓄和地下社会里的支持者们建造起来的，现在还能去哪里找火箭呢？”

“我想自己去确认，爸爸到底怎么样了。”理查低声说。

波子不知道说什么，就在这时，云鲸微微震了一下，波子说：“到了。”

她在黑暗中摸索到了理查的手，拉起他来往外走，说：“去太空的事可以以后再想，我们先来研究一下这个正方体。”

云鲸的嘴巴正对着一片树林，波子牵着理查走进去，两个人走了一段路，忽然见到一片没有树木的空地，空地中央有个坑，里面长满了杂草和灌木，波子走进去清理出了一条路，招呼理查过去。理查走近一看，只见地上杵着一个梭子形的金属物体，大概两人高一人宽，周围那么多草木，却没有一棵爬到它身上的，看上去有点诡异。

“没想到真让我找到了，情报无误。”波子说，“理查，把小方块给我。”

理查把小方块递给她，波子看看小方块，又看看金属梭，自言自语道：“这怎么用？”

忽然间，小方块发出了强光，好像要裂开似的，波子吓了一跳，失手把小方块扔了出去，小方块接触到金属梭，好像粘在表面一样，不动了。波子去拿，发现拧也拧不动，拔也拔不出，忙乱间手掌往前一推，居然把小方块按了进去。金属梭表面忽然滑开了一个空洞，波子一下子明白了，小方块是一把钥匙。

她走进金属梭内部，见四壁光滑，中间有个透明的球悬浮在空中，她不敢轻举妄动，把理查喊了进来，说：“你看这是个什么东西？”

“玻璃球儿？”理查绕着看了几眼，也不敢摸，“它怎么飘在空中的？”

“我要是知道就不会叫你了。”

“哎，球的顶部有个缺口，难道……”理查灵机一动，掏出那个能看见小方块发光的奇怪的玻璃片，竖着塞了进去，果然严丝合缝。

“这个镜片哪来的？”理查问，“看样子和这里也有联系。”

“拿你爸的情报和一个收藏家换的，他说这东西也和毁灭雨有关。”波子说。

这时，金属梭忽然微微地震动了起来，两人心里都觉得不妙，想出去，却发现刚才的空洞早就消失不见了。

“我有非常不好的预感。”波子贴着墙壁，好像要从上面找条缝出来。

“你说方块和镜片都和毁灭雨有关，那么这个金属梭恐怕也和毁灭雨有关。”理查还在思考，“毁灭雨是从天上来的，所以这个梭子……是不是要回去？”

波子瞪大了双眼：“别开玩笑了，这……这要回哪儿去？”

理查忽然笑了出来：“能上太空了。”

话音未落，二人便感觉到一阵失重感，和云鲸起飞的感觉相似。波子脸色苍白：“不会吧……”

金属梭平地起飞，不见烟也不见火，好像一滴水滴向太空。

08

出乎两人意料的是，金属梭飞得异常平缓，和云鲸的飞行完全不同，待在金属梭内部的体验简直可以说舒适。但是波子还是不停叨念：“完了，我的人生结束了……”

“别念了，耳朵要起茧了。”理查抱怨道。

“要你管！”波子大喊出声，带着一丝哭腔，“你倒舒服了，上太空找你爸去吧！”

“别着急，我刚才想了一下，你说百年前的人类文明范围上到外太空，下至地壳下，我在想，是不是地球外面也有一些人类的幸存者？万一我们能遇见他们呢？”

“这也太牵强了吧。”波子说，“就算有，怎么一百年了，也没和地球内部联络？”

“或许他们也有自己的理由，”理查说，“往好处想，说不定他们知道毁灭雨的真相呢，或许，我父亲现在正和他们生活在一起。”

“我知道你是在安慰我……”波子靠墙坐下，头埋在臂弯里，不说话了。

理查也坐下，他观察着金属梭内部，但不论看哪里都是一样的，墙上连条缝都没有，那颗球也固定不动，似乎和空气粘在了一起，理查只觉越看越困，索性学着波子的样子睡起觉来。

不知过了多久，理查感到金属梭一震，他从睡梦中惊醒，心想这么快就到了？

“波子，醒醒，我们好像到了。”理查去摇波子的肩膀，把波子摇醒。

“到哪了？”波子揉着眼睛。

“我也不知道，不过好像没飞太长时间。”

理查刚说完，金属梭就转了个方向，只是这次不太平稳，好像被什么力量强力扭转了一样，波子和理查被这股力带得摔倒在地，随后，金属梭又动了起来，这次速度变快了。

难道在往回走？理查想，他现在已经睡不着了，只好继续盯着那颗球发呆。

大约过了半小时，金属梭又停住了，过了一会儿，墙壁上出现了一道裂缝，接着是又一道，波子说："有人在用激光切割。"

激光一共切了四道裂缝，组成了一个长方形的口子，随后墙壁朝外倒了下去，金属梭外面，有几个人拿着激光切割机，正往里面看。

"有人！"其中一个惊呼，"快！把司令叫来！"

理查和波子见对方也是人类，顿感安心，理查站起身想往外面走，外面的人见他动作，都把激光切割机对准他，喊道："不许动，乖乖等着！"

波子举起手来，说道："我们是从地球来的，乘上这个东西纯属是误会。"

理查也举起手来："误会，都是误会。"

"里面有人？"金属梭外传来一个颇具威严的声音，想必是司令来了，"抓住外星人了吗？"

"不是，是地球来的。"一个拿着激光切割机的人说道。

"有意思，地球都和我们断联十年了，现在却用外星飞船送了两个人上来。"司令出现在金属梭的"门口"，"我叫席朗，管理这里的大小事务，你们是谁？"

"我叫波子，他叫理查，不小心就把飞船开起来了。"波子抢先说道。

"不小心？这东西可没那么好启动。"席朗嗤之以鼻。

"能不能让我们出去说？"波子说，"大家都是地球人，没必要那么戒备森严吧？"

"还不能确定你们是哪里人，毕竟我们也没见过外星的。"席朗说，"这里是地外联军月面第三基地，你们是地下城几号的？"

"我是五号的。"波子说，"他是云中人。"

"嗯？云中地下又联通了？"席朗问。

"没有，是偶遇。"波子如实回答，"我是情报贩子，最近有消息说有毁灭雨相关的物品流入云艇集市，我想拿第一手情报，就溜进了白龙号，然后遇见了他，他帮我那个东西买了回来。"

"是个什么东西？"

"会发光的小方块。"

"那是开启舱门的钥匙。"席朗说，"但是只有那个启动不了飞船。"

"有个镜片，和这里这颗悬浮的球一个材质，我们把镜片放进球的缺口里，船就启动了。"

理查偷偷看波子，他猜波子心里一定在咆哮，这些情报要好多钱。

"嗯，倒是没错。"席朗又看向理查，"小子，你是云中人？姓什么？"

"罗素，白龙号都姓这个。"

"罗素？理查·罗素？"席朗盯着他，"白龙号上的？"

"怎么了？"理查问。

“你父亲是李斯特·罗素？”

“对！你认识他吗？”理查兴奋大喊。

席朗说：“是自己人，收起武器。你们两个，出来吧。”

波子和理查走出金属梭，他们身处一个空旷的机库里，但这里现在没有其他载具，只放着一个小小的金属梭，地面有盘旋的黑线绕作一团，向四面八方延伸出去，好像覆盖了整个机库一样。理查顺着黑线往回看，就看到了金属梭，原来这是一张巨大的网，网住了金属梭。

“走吧，我们去里面说。”席朗头也不回地走了，理查和波子只好跟上。

三人走到机库角落，坐上一部电梯，席朗说：“我们现在去基地里面。”

片刻后，电梯到站，三人穿过走廊，来到一间会客室，刚一坐下，波子就问：“这里真的是月球？”

“还能有假不成，不信你就去机库的另一边，从那边出去就能看到环形山。”席朗说。

“那，你们真的是人类当时残留在地外的文明？”理查问。

“我们是地外军队，本来应该密切关注任何外来动向的。”席朗说，“但是从当时的记录来看，毁灭雨来得又快又隐蔽……”

“所以归根结底，毁灭雨是什么？”波子问出了她最关心的问题。

“殖民用外星武器。”席朗说，“根据我们这一百年来的研究，毁灭雨是那艘金属梭带来的物质，它的本质是包裹在雨滴中的纳米机械群，这些雨滴拥有不可思议的溶解能力，并且能在合适的条件下快速复制增殖。但是，毁灭雨有识别功能，只有当碰到有一定智能的生物时，其溶解功能才会触发，所以我们判断，毁灭雨是外星人为了‘清洁’他们想要殖民的星球而研发的特殊武器。”

“这也太残酷了……”波子感叹道。

“既然这个什么机械群会复制增殖，那我们云中人怎么没事？”理查问。

“有两个原因，第一，有你们称为云鲸的生物在清理这些纳米机械，他们就像真正的鲸鱼在海中吸食虾米一样把那些机械群吸进嘴里消化，以此来净化大气。这些云鲸是地内地外还有联系时制作的，至今已经工作了几十年，可以说比较好地完成了任务。”席朗解释道，“第二，云中人的安全也和云防护技术有关。你们云艇周边的云不是真正的云，而是对人体无害但却可以抵御纳米机械群的特殊物质。这也是为什么云艇叫云艇的原因，因为这种云艇可以自己生产这种物质，从而达到保护作用。”

理查瞬间想到白龙号整日整夜地被云层包裹的样子。

“另外，云防护技术也是导致云中人产生的原因。”席朗继续说。

“说来听听？”波子听得满眼放光，这位队长说的全是她不知道的事情。

“云防护技术本来是地下人研发的，为了让地内和地外联通。在毁灭雨刚过去不久，地下人就派出了使用云防护技术的船队试图和我们取得联系，但是走到半路就被当时残留数量尚多的纳米机械群缠住，又不能把纳米机械群带回地下，于是只好在空中待命等云鲸清理，久而久之，他们居然就不走了，可能天上的日子很安逸吧。”席朗又看着理查，“但是，其中也有像你爸爸那样的人。”

理查也看着席朗，他的身子挺得笔直。

“你爸爸是主动联系到我们的，老实说，他真是个天才，造无线电通信台，造能载人的火箭，甚至抓金属梭的那张网都是他的主意。他的知识和技术都无可挑剔。”席朗似乎沉浸在了回忆中，“解析毁灭雨残留物也有他的功劳，如果没有他，我们可能无法完全破译外星人给纳米机械群下达的指令，也就没法拦截金属梭，进而可能会导致人类的全灭。”

“这么严重？还会导致人类全灭？”波子又问。

“小方块和镜片，一个是舱门钥匙，一个是启动钥匙，当纳米机械群把星球清理干净时，就会生产这两把钥匙并启动金属梭，金属梭会飞回外星人的星球，而外星人一看金属梭回来了，就知道殖民地清理完毕了，然后不就带着外星人大军来了吗？到时候哪怕有人类文明又怎样？当人家的奴隶吗？”席朗说，“所以我们必须拦截金属梭，但是拦截成功也会有风险，因为金属梭不回去，外星人也会起疑，说不定明天就大军压境了。这些都是十四年前李斯特和我说的，言犹在耳啊。”

“所以二位明白我到底想说什么了吗？”席朗问。

理查和波子对视一眼，都摇摇头。

“地球备战，刻不容缓。”席朗一下子严肃起来，“地下人和云中人，都是我们要团结的对象，但是近年来他们也太没有危机感，这样怎么准备战斗？形势危急，或许只能不择手段了。”

席朗又说：“你们问我的话我都回答了，那么之后也请二位回答一下我的问题。另外，之后送二位回地内的时候，也希望二位当个使节，向地下人和云中人传达我的意思。那么，二位还有什么问题吗？”

理查依然挺直着身子，但是头却低了下去，他说：“你一直都没有说，我爸爸现在在哪里。”

席朗沉默了一阵，忽然站起身来向理查行了一个军礼，说：“安装拦截网是令尊的主意，自然也要他去现场督查，督查有一处地方的时候出现了一颗轨道未知的小行星……”

没等席朗说完，波子就把理查揽进了怀里，但其实理查没哭，他忽然想起来，爷爷常说的那句“没有人能决定自己死去的时候会看到哪颗星星”，其实是爸爸经常说的，所以爷爷记住了，也老是念叨。

爸爸最后一刻看到的星星，应该是蔚蓝的地球吧？

End

人格测试

PERSONALITY TEST

如果云层上有人类生存，你的想法是什么？

- A. 云上的不是人吧（+5）
- B. 天空之城是真的！（+3）
- C. 下雨会掉下来吗？（+2）
- D. 那不可能（+1）

THREE LAYERS

审判裁定：▸▸▸ 剥夺幻想能力，终身监禁。

［罪梦者］

罪行：曾因梦境将社区里的狗全变成了鸽子。

危险程度：▸▸▸ B

ID：F-008

罪梦者 烟二

打破次元壁的鬼才作者，行文不失细腻与网络诙谐感，已出版小说《恋恋小食光》《444号家具店》。

—01—

那个孩子是真的饿极了，半包狗狗饼干也能吃得狼吞虎咽。

我撑着脑袋看着他，挑了一下眉。

队长凯恩走进休息室，手里有一份新的任务书。他拿开小鬼头用来充饥的食物，看了一眼，随即瞪着我："这就是你准备的安抚零食？"

"不然呢？"我往椅背上一靠，悠哉地伸了个懒腰，"队长，我加入'飞檐救援队'都已经一年多了，平时接到的任务不是找猫就是找狗，身上当然只会准备宠物零食……"

"阿飞，注意你和上司说话的态度。"

"知道啦，知道啦，以后我会记得随身带点小熊软糖之类的零食——专门用来打发这种几天没吃饭的小鬼。"

凯恩并没有责备我的敷衍，他将任务书递到我面前，压低声音道："这次交给你的任务和之前那些可不一样，我希望你能重视起来，毕竟，一年一次的评优快要开始了。"

听说几个副队长在得到提拔前，都曾被评上过优秀队员。

想到这里，我不动声色绷紧身体："队长，这次的任务难道是……"

前线抢险？灾后支援？帮派火拼？跨区拐卖？我刚脑补出第十八种可能，凯恩就已经清了嗓子，念出任务书上的内容："找到这个孩子的父母，然后送他回家。"

喂喂，这不还是找东西吗？！

紧迫感瞬间消失，我失望地抓着头发——拜托，我加入的是救援队啊，又不是搜寻队。

"先别急着露出那种表情来，我的话还没说完。"凯恩瞥了我一眼，伸手将任务书翻到最后一页，那上面用红笔画着一些圆圈，最末端的空白，是留给我签名的地方，"你若在三天内顺利完成任务，将会获得非常丰厚的报酬——五百米钛金绳的终身使用权。"

我猛地瞪大眼睛，双手撑住桌面，"噌"地站了起来。

—02—

我所生活的世界，被称为"箱庭"。

之所以会叫这个名字，是因曾有仪器偶然在数万公里的高空拍摄到了"整个世界"的模样：它看上去就像一只四四方方的盒子，而这只盒子，又被一座巨大的、高耸的山体所填满……

在很多人看来，箱庭是被诅咒过的“魔盒”。

因为这个世界里的所有东西，无生命的物件或是有生命的人和动物，无论轻重，无论质地，都会不受控制地浮空，向上飞去，宛如一只氢气球，一旦切断牵引的那根线，它就会一直飞、一直飞，直至消失在天穹。

谁也不知道那些“飞”走的东西最后都去了哪儿。

有人猜测，箱庭顶部蹲守着一只妄图吞噬掉一切的怪物，它专职负责回收那些飞上天的人或者物件；也有人猜测，箱庭的天穹之上有另一个箱庭，在那个世界里，会有东西不断从地底下冒出来……不过，这些都只是传说而已，从未被证实过。

毕竟，那些妄想飞上天一探究竟的家伙们，一个都没能再回来。

包括那台拍摄到世界全貌的精密仪器。

我们不得不想出各种办法来保护财物和自己的生命：所有鞋底都涂有磁性物质，可以和地面产生短暂性的粘固反应；房间里的家具必须固定在地板上，不能随便移动位置；马路上疾驰的悬浮车辆底部，都装有专用的安全绳；大多数居民会在外出时随身携带有锁扣的绳索，以便在发生意外时固定住自己，而其中最为安全、轻质、便捷的绳索，就是钛金绳。

产量稀少的保命工具很快成了箱庭的硬通货。

这么说吧，五百米长钛金绳的终身使用权，差不多可以等同于总部给我在地段不错的小区安排了一套大平层，想住多久住多久，还不用付房租……幸福来得也太突然了吧？！

—03—

签完任务书，队长凯恩叮嘱我，在将那孩子送回家之前，我都必须履行临时监护人的义务，虽然我不擅长和一个看上去只有七八岁的小鬼头相处，却不得不照办。

我决定将男孩领回自己的住处。

我在救援基地附近租了一套很小的单身公寓，虽然称不上舒适，但至少每晚都能有地方睡个安稳觉。

回去的路上，我特意带男孩去了家小有名气的西餐厅。

雕刻着繁复花纹的餐椅是固定在地板上的，入座后，妆容精致的女服务生贴心地来为我们系上椅背后的“安全带”。虽然我嘴里说着想吃什么尽管点，心里却在默默祈祷，这孩子可不能是个大胃王，男孩并没有让我为难，他看着菜单，只点了一份儿童套餐。

很快，装在特制器皿中的食物被端上来——卡进了餐桌的凹槽里。

看见热腾腾的食物，我们两人间的尴尬瞬间消失了一半，但男孩只是盯着面前的牛排和土豆泥，迟迟没有动手。我将嘴里的烤鸡翅咽下去，问道：“需要帮忙吗？”

他摇摇头，又观察了我好一会儿，才开始摆弄起自己面前那副尾端带着金色链条的刀叉，小心翼翼地切割牛排。见时机差不多，我清了清嗓子，重新做了一次自我介绍，然后询问他的名字。

“椿，先生。”他小声回答我，“您可以叫我小椿。”

按照任务书上的说法，这孩子在走失过程中受到了不小的刺激，记忆有些混乱——队长接到求助信号前往救援时，他已经在空中飘浮了两天两夜。因为缺失家庭海拔和父母姓名，我只能想办法从其他有效信息入手：“小椿？真是个不错的名字！我想，你的父母平日里一定非常疼你吧？对了，你还记得他们在三区从事什么样的工作吗？”

因为山体不同海拔的空气的洁净程度、温度的宜居程度和资源的丰富程度皆有区别，箱庭被人为地划分成三个大小相似的区域，自上而下分别是一区、二区和三区。

一区位于箱庭最高处，人口稀少，却拥有相对丰富的钛金资源，是其他区域居民口中的“富人区”；与之相对，最底层的三区人口最多，但他们中的绝大多数人，却只能从事最累的生产工作。

在统治者的协调下，三区居民将源源不断的食物和生活用品通过一条贯穿山体的“甬道”输送至一区，换取财富和钛金，制作成钛金绳，这样，位于底层的部分居民才有进入上层区域的可能。

顺带一提，飞檐救援队总部位于二区，当然，我们在一区也租有办事处。

至于为什么是租……

别问，问就是房价太高。

提及父母的事，小椿的神情忽然变了变，他移开目光，沉默片刻才道："阿飞先生，我记得……我不是三区居民。"

"难道是二区？"

"不，也不是。"他支支吾吾道，"我、我是说，我的父母住在一区，至于他们的工作，抱歉，我想不起来了。"

"等等，你的意思是，你并不是从三区'飞'上来的，而是从一区'落'下来的？"我怔了怔，很快否定了男孩的说法，"这不可能！"

—04—

这当然不可能。

所有箱庭居民都知道，单向的浮空飞行几乎是不可逆的，想去下方区域，要么走山路，要么走甬道，我也从未听说过从上层区域坠落的先例；另一方面，三个区域的居民之间有着严格的等级划分，严令禁止"偷渡"行为，即便是工作性质特殊的救援队，也没有自由往返各个区域的权利，除了队长和副队，普通队员平时很难接触到有关一区的任务。

我不觉得自己会被队长额外照顾，不过，随着三区资源的逐渐匮乏，这几年来，想通过各种办法偷偷潜入上层区域的家伙大有人在……想到这里，我看小椿的眼神发生了一点变化。

"阿飞先生，我没有骗人。"感受到了我的质疑，男孩再也顾不上眼前的牛排和薯格，激动地站直身体，仰着脸望向我，"回家的路我都记在脑海里，只要你送我到一区，我、我可以为你带路的……”

我重新打量起这个孩子。

尽管衣服污秽不堪，但看得出，那是一套裁剪精良的纯白洋装，布料很好，还配有鲜艳的袜带和领结——住在三区的孩子们可不会穿这种样式考究的衣服。

好吧，价值五百米钛金绳的任务，必定有它的难处。凯恩队长虽然不会额外照顾我，但指不定他会额外考验我呢？正好，队里要评优了不是吗？我决定暂时相信椿的话。

我清了清嗓子，拿出随身携带的炭笔，开始在菜单上涂画："可找人需要的那些线索，你要么不记得，要么不肯说实话，我真的没有办法彻底信任你。"

"对、对不起。"椿重新坐下，喃喃道，"但只要去了一区，只要……"

我仿佛能够感受到椿对于一区的执念，这种执念，已经远远超出一个离家多日的孩子对父母的思念……很显然，他应该有自己的打算，并且不打算告诉任何大人。

或者说，暂时不打算。

很意外地，我完全没办法拒绝椿的请求。

我出生在二区一个中产阶级家庭，小时候，我对于一区的了解，仅仅是在书本和电视里；年幼的我也曾对一区十分向往，希望有一个契机，能够合法地、自由地飞上去瞧看一眼……哪怕只看一眼，也很满足了。

所以在毕业后，我义无反顾地加入了飞檐救援队。

看到椿，我忽然就想到了曾经的自己，即便知道可能是被他骗了，我也想和他一起去一区看看。

就当是，满足一个孩子的任性要求吧？

“知道了，知道了，明天就带你去‘甬道’，这样总行了吧？”我懊恼地抓着头发，“不过小椿，算我求你，好歹再说点有用的事吧？随便什么都行，至少要让我觉得，你不是一个满嘴谎话的坏孩子才行！”

男孩看了我一眼，礼貌地回答：“阿飞先生，您的牙齿上有片菜叶。”

我闭上嘴，用舌尖剔了剔牙缝。

……还真有。

—05—

回到公寓后，我将床铺让给了椿，自己则在沙发上睡了一晚。

运气不错，我做了一个很不错的梦。

梦里我出色地完成了任务，将椿送回家，没想到他的父母居然是一区的高级官员，我不仅得到五百米钛金绳的终身使用权，还得到了他们赠予我的一大笔钱财，很快，我就成了整个飞檐救援队的明星队员，还获得了众多粉丝的喜爱，坐拥香车美女，走上人生巅峰。

第二天一早，我是被椿叫醒的。

他还贴心地拿来了一叠纸巾，帮我擦掉嘴边的口水。

匆匆洗漱完毕，我用“小电驴”载着椿直奔救援队总部，提交了前往一区出差的申请书。看到批复人一栏写着副队的名字，我有些好奇地问行政：“队长他不在吗？”

梳着马尾辫的女同事丽萨告诉我，三区发生了一场不小的暴动，凯恩队长一早就带着几名队员赶去救援了，不过，他临走前嘱咐过总部的补给官，提前准备好钛金绳发射器，让我执行任务时随身携带。

钛金绳极细、极轻、极易折叠，被细细密密地缠绕进一枚腕式发射器中，看上去还挺酷。

我掂了掂发射器的重量：“还是老样子——二十米吗？”

丽萨笑了笑：“你猜。”

我有点沮丧：“感觉是的。”

丽萨将总部的物资临时租用单递到我眼皮底下：“务必好好保管喔，弄丢或者损坏的话，恐怕你至少得留在救援队免费工作五十年。”

我瞥了一眼，顿时觉得那一纸单据着实烫手……

五百米！

要知道，之前我出任务，能申请到的长度最多只有二十米，每次通过甬道时只能紧抓安装在山体上的扶手，缓慢向上攀登……但这一次，我已经可以想象出自己在众人惊羡的目光中，带着椿，沿着联通二区和一区的甬道，一口气冲向青空的景象了。

我摆弄着手腕上的发射器，忍不住问椿：“帅吗？”

“帅。”

“哪儿帅？”

他思考了很久，最后才犹豫着回答：“……脸。”

呵，完全不懂男人的浪漫。

我摇摇头，觉得这孩子基本是废了。

—06—

联通三个区域的甬道位于山体中央。

日用物资会从三区投放进来，沿着甬道缓缓飞向上方区域，而每两个区域的交接处，都设有拦截货物的网兜和封闭式传输带，装卸工们可以准确无误地揽收货物。

这样看来，“魔盒”的特性倒也并不总是给人带来麻烦。

我带着椿从二区出入口进入甬道，正巧赶上工人们在等待从三区飞上来的货物，听负责人说，是一些冷冻牛肉和奶酪制品。

说话间，两只巨大的集装箱已经被网兜拦截下来。光着上半身的健壮男人们井然有序地拉动集装箱上的链条，将其中一只直接固定在传送带上，另一只则在检查完毕后，重新投入甬道——那些是供应给一区的货物，另一批装卸工正等在更高的位置。

进出口设有警务亭，警员见我面生，要查我的工作证。

我收回目光，急忙将工作证和通行证递过去，警员的表情柔和起来：“是接到了一区的任务吗？”

“是啊。”

“真是不错，你瞧我看守甬道这么多年，却从来没有去过一区。”他叹了口气，惹得唇上两撇小胡子抖了抖，也不管我是否乐意，一股脑儿地倾诉着自己的苦恼，“哪怕让我上去看一眼也好啊，至少孩子以后问起来，我还能有些吹牛的资本，可惜，我已经错失了好几次升迁的机会，这辈子，怕是没办法调去一区工作了吧……”

“偷偷飞上去不就好了？如果被发现了，就说是工作失误！”我毫不遮掩自己那点儿歪心思，顺便，从警员手中取回两张证明，“当然，如果你有钛金绳的话就不需要花费太长时间，根本不用担心被发现。”

警员张大嘴看着我，无奈地拧了一下眉毛。

我没时间和他在这里闲谈。

椿趴在我的背上，用布条将自己的手腕和我的紧紧拴在一起，做好一系列准备工作后，我撸起袖子，将发射器对准了不远处的山体——里面的钛金绳前端系有尖锐标头，扎入山体后迅速收缩，可以大大缩短我们的“飞行”时间。

“准备好了吗？”我冲着身后喊了一嗓子，“钛金绳只有五百米长，从二区前往一区大概有四千米，我们得尝试好几次！”

“准、准备好了！”他的呼吸声有点急促，但还是尽可能大声地回答，“我们开始吧！”

听闻动静，警员大叔和几个工人接连望过来。

甚至还有人冲我们招了招手，吹起口哨……

若是寻常，我肯定要向他们显摆一番，但眼下的我可做不到那样——这可是我第一次前往一区的飞行啊！我的双腿是软的，掌心微微汗湿，紧张到已经不知该如何缓解情绪了，以至于第一次将钛金绳发射出去过了好几秒，才想起来按收缩按钮。

那一瞬间，在钛金绳的牵引下，我的身体迅速向空中“飞”去！

风在耳边呼啸。

甬道周围的铁质扶手开始一个个向后倒退。

在我的印象里，五百米很长，每次体能测试跑完一千米，我都会累得喘不过气，直往肚子里灌水……但今天我才发现，五百米的飞行距离居然那么短，倏地就结束了。

钛金绳重新被卷入发射器中。

我紧紧贴着甬道壁，抓着扶手不让自己浮空，叮嘱身后的男孩：“小椿，抓紧了！要‘飞’第二次了！”

他点点头，用手环住我的脖颈。

就这样，我们又向上飞行了好几个五百米，警员和装卸工人们的声音越来越小，越来越听不清，我鼓足勇气扭头看了一眼，那间警务亭，已经变成米粒大小的一个黑点了。

就当我以为会顺顺利利到达一区时，第四次发射，出了偏差。

07

标头被不断上浮的集装箱挡了一下。

失去了钛金绳的牵引，我和椿立刻变成了毫无依靠的浮空状态。

在飞檐救援队特训时，凯恩队长有教导过我们，遇到突发安全绳断裂的状况时应该如何应对，我迅速调整姿势，正打算采取进一步自救措施，耳边却意外响起了椿强装镇定的声音："阿飞先生，你、你还好吗？别着急……调整呼吸，放轻松……"

我真是做梦也没有想到，这种情况下，居然是一个小鬼头先来安慰我？

我撇撇嘴："别慌，小场面。"

椿很轻地"嗯"了一声，环住我的手却更紧了。我担心他回忆起之前独自飘浮的糟糕经历，又急忙安慰："没关系，这里是甬道，二区到一区间还有一张拦截网，只要飘到那里，会有人来救我们的！"

"可是先生，您……是飞檐救援队啊……"

"呃，怎么？"

"我还以为，只有你们去救别人，原来你们也会等人来救呀？"

我仿佛看见一个孩子眼中的崇敬之光渐渐熄灭……

可恶，这种情况下为什么要用激将法！我憋着一口气，决定自己解决眼下的困境，我默念队长教导过的口诀，在空中翻转身体，椿惊恐地将脸埋进我身后的帽兜里。好在这种浮空状态下，上升速度变慢，我用力蹬了几下腿，让身体恢复到头部向上的姿势。

周围有不少小型集装箱飞过，应该是一区又开始"进货"了，我小心地找准落脚点，稳住身形，咬咬牙，再度举起手腕上的发射器。

"阿飞先生？"

"抓紧了，我们……继续飞！"

“能行吗？”

“哈？你以为自己在和谁说话啊？”我“啧”了一声，按下了钛金绳的发射按钮，标头稳稳当当地穿过上方的集装箱壁，那里，就是下一段五百米飞行的目的地，“拜托，我可是堂堂飞檐救援队的明日之星，怎么可能不行？”

—08—

第五次发射，成功！

紧接着是第六次、第七……一直到第八次！整个甬道内都回荡着我的欢呼声！

就这样，我带着椿，一口气“飞”到了一区的进出口，和二区如出一辙，那里也有一座警务亭，只是更大、更气派，值班巡逻的警员也更多。大概是一早就从飞檐救援队总部得到了消息，他们已经在等我了，甚至还有几位年轻的女性警员，特意上前来为我喝彩。

我将椿放下来，努力昂首阔步向前走，妄图掩饰内心的不安。

警长热情地迎上来与我握手，然后，给了我一张罚款单，罚款理由是：暴力破坏货运集装箱。

“不用担心，小伙子，罚款单我们会邮寄去飞檐救援队，由总部承担。”

“这不是更让人担心了吗？”

“所以说，你是想现在现金支付？”

“不了，不了，请务必邮寄回去。”

看了一眼赔偿金额，我由衷地祈祷着凯恩队长不会揍我。

检查完证件、填写过登录表格后，我终于从警务亭里走了出来，下一站是去飞檐救援队的办事处——申请一辆车。我做过功课，一区的生活成本远远高于二区和三区，如果我选择打车送小椿回家，很可能远远超出差旅费可报销额度。

离开甬道后，椿带着我爬上了附近一处小山丘，站在这里，可以将一区的景色尽收眼底。不同于三区的严寒和二区的酷热，这里的气温很适宜，空气也更加清新，我连续做了几次深呼吸，忍不住发出感慨：“这里就是一区啊！唔，怎么说呢，确实很棒，怪不得大家都想住在这里……”

椿捏着自己的衣摆，垂下脸，并没有对我的话表示出认可。

后来我才知道，发生意外浮空后，椿一路飘到了这里，他撕碎上衣，用布条将自己固定住，然后顺着甬道里的扶手一点点往下挪，最终，被前来巡逻的凯恩队长救下，带去二区。

我摸了摸他的脑袋：“别担心，小椿，很快你就可以回家了。”

09

飞檐救援队一区办事处。

我浑身僵硬地坐在接待室的沙发上，看着椿满脸通红，在和那位身材高挑的麦克队长争执着什么。

最后，他攥紧小拳头，歇斯底里地咆哮出来：“先生，我说的都是实话！我真的没有骗人！”

麦克队长叹了口气，无奈地冲我招招手。

出于某种良性竞争关系的缘故，所有飞檐救援队员都知道，一区办事处和二区总部的关系比较微妙，为了不给凯恩队长丢脸，我尽可能地保持着社交礼仪，甚至在说话前深深鞠了一躬："请问，有什么问题吗？"

麦克队长看了我一眼："你听说过'炫彩马戏杂耍团'吗？"

我拼命点头："当然听说过！"

炫彩马戏杂耍团是箱庭中最有名的表演团体，和那些四处商演的马戏或者杂耍团体不同，他们的演出场地永远是固定的，就在一区西北部那座名叫乔戈的山峰上，只有达官显贵才有资格进入炫彩剧场现场观看演出；当然，在一些特别的节日里，他们也会通过电视转播一些现场表演，让没有钱前往一区享乐的居民们一饱眼福。

不得不承认，小时候的我之所以会对一区生活产生向往，有很大一部分原因是因为炫彩马戏杂耍团的存在。

如今的孩子们，应该也一样。

"这孩子说，自己的家在炫彩马戏杂耍团。"麦克队长苦笑着摇摇头，"还说自己是彼得先生的孩子。"

"哈？"我挑了下眉，"现任炫彩马戏杂耍团的负责人、天才魔术师，彼得先生？新闻和杂志上不是说，他甘愿为演艺事业而奉献，决定终身不婚吗？难道说，这孩子是他的私生子——麦克队长，请不要用那种眼神看我，我可不是在八卦，这是正常的推理。"

“阿飞……你是叫阿飞对吧？抱歉，我的记性不是很好，如果记错了名字请务必告知我。”麦克队长用自带吸管和杯罩的高硼硅玻璃杯为我倒了杯咖啡，几滴褐色的液体不小心飞溅出来，很快向上飞去，在天花板上留下了几处污秽，他有些不好意思地冲我笑笑，将玻璃杯递给我，“带他来一区之前，你们没有沟通过吗？”

“当然有过沟通，但是，这孩子的情况有点特殊；换而言之，我也并不觉得他在说谎。”我扭头看了椿一眼，他的眼圈红了，清亮的眼睛里写满了委屈，“这里面可能有点误会，抱歉，我需要重新确认一些事。”

我举起手腕，死死盯住椿——绑住我和他的布条，到现在也没取下。

这已经不再是什么保护措施了，此时此刻，它代表着信任。

椿咬着嘴唇，开始将脑海里有关那位彼得先生的事，一点一点挖出来：“彼得住在乔戈峰上，每天早上会吃全麦面包和混着蜂蜜的温牛奶，他的头发是假的，有一次在演讲时，假发忽然浮空了……

“钻火圈的明星狮子格雷其实有两只，第一只在参与表演不久后就因烧伤病死了，但彼得心疼之前花出去的广告费，就让手下找来一只和它长得差不多的狮子，重新训练……

“虽然门票卖得很贵，但马戏杂耍团成员的薪水其实很低，大家都是来自三区穷苦家庭的孩子，有的人只为了三千贝母，就和彼得签订了五年甚至十年的工作契约……”

最后，他缓缓眨了一下眼，仿佛是下定决心般开了口："彼得以参与演出为借口，在三区非法招募了许多和我差不多大的孩子，他让我们穿着漂亮的洋装，飞在剧场上空表演，以供那些位高权重的观众取乐，然后，会突然剪断我们的保护绳，再打开炫彩剧场的顶棚让大家飞出去，直到消失不见……"

他说完，神情忐忑地看着我们。

我身边的男人推了推鼻梁："孩子，你应该少看点睡前故事。"

椿很着急："先生，这不是故事！这是真实发生过的事！"

他又一次望向我："阿飞先生，您、您应该会相信我的吧？对不起，是我先骗了你们，我的确来自三区……因为，我就是、就是被招募来的孩子！那位彼得先生也不是我的父亲，我只是……想揭露他的罪行罢了！求你们去救救其他孩子吧，剧场里还有别的孩子，还会有下一次的表演……"

我始终保持着沉默，完全没有办法给予他任何回应，麦克队长也已经失去了耐心。他起身，将办事处的备用车钥匙抛进我怀里："阿飞，带这孩子去城里买点好吃的吧，然后，你知道该怎么做的。"

—10—

我和椿坐在一区的中心广场上啃面包。

这和预想的不同。

本来，我是打算带他一起去附近的快餐店吃汉堡的，但是走到中途，我改了主意，我决定花掉自己小半年的积蓄去买两张炫彩马戏杂耍团的票，帮这个满脸无辜的“小骗子”实现梦想。

……还有童年的我。

结果，椿听完我的提议，并没有表露出任何感动。

他失望地垂下目光：“我就知道，你们是不会相信的，没有人会相信从孩子嘴里说出的真相——有个孩子偷溜出剧场报了警，但是表演那天，却没有任何人来救我们，除了我，其他的人全都消失了，消失在天空之中……”

“所以，你真的不是为了想看表演才骗的人？”

“当然不是！我只是希望有人相信我说的话罢了，他们都说，飞檐救援队队员都是很厉害的英雄，我想，英雄应该会愿意管这样的事！”椿扬起声音，“我再也不想回那里了！不，不，我还是要回去的，如果不揭发他们的话，还会有别的孩子变成‘白鸽’被放飞……”

“白鸽？”

“是，彼得先生和他的手下将参与最后一场表演的孩子们称为‘白鸽’，我们被要求换上白色的洋装，背上白色的天使翅膀；但每举行一次‘放飞白鸽’的仪式，就会有十二个孩子‘飞’走！而这一段是不会被直播出去的，所有人都以为这只是普通表演而已……”

“用孩子们的生命，来狂欢吗？”我轻轻咬了咬牙，“还真像那些有钱人能做出来的事呢。”

飞上青空，不知生死。

在我的记忆里，“放飞白鸽”就只是二区绿地公园的游艺项目，只需支付养鸽人一贝母，就可以获得两小包玉米粒，玉米粒被撒出去后，会慢悠悠地飘上天，那些馋嘴的鸽子立刻就会扑腾着翅膀飞过去……

当然，它们的脚上也都拴着细细的丝线。

有时，那些线会不经意缠绕在一起，没有钱买玉米粒的孩子们会主动帮助养鸽人将鸽子一只只分离出来，以获得和小动物亲近的机会。

没想到，等我长大后才发现，有人硬生生给这么可爱、生动的活动涂上了一层污秽。

可恶！

我站起身，拍了拍裤子上的灰尘："走吧。"

"去哪里？"

"炫彩剧场。"

"不，阿飞先生，我真的……"

"我知道，我知道。"我摆摆手，打断他，"我是说，去揭露炫彩马戏杂耍团的真面目。"

"您终于相信我说的话了？"

"还没有，所以，我要亲自去确认一下。"我告诉椿，"不过，如果你说的是真的，我会想办法救出那些被充当'白鸽'的孩子们——放飞白鸽是神圣的、充满祝福的仪式，我可不允许任何人将它变成牟利行为，更不允许任何人将飞行变成一种谋杀！"

椿有一件事没有骗我。

他真的记得回去的路，只是，炫彩剧场不是他的家而已。

不得不说，一区的路可比二区要平坦、宽阔太多，路上行驶的车辆型号也令人眼花缭乱。我开着车一路疾驰，很快就来到乔戈峰的南面，椿说自己知道一条小路，可以避开保镖，偷偷潜入炫彩剧场内部。

“是驯兽师梅子小姐告诉我们的，不需要表演的时候，她会跑出去逛街买零食、买化妆品，然后趁着天黑，再从小路回来。”椿十分耐心地和我解释，“和我同一批被骗来的孩子里，有人从那儿溜走了，他当时也喊我们一起走，但没有人愿意。”

“为什么？”

“因为彼得先生为我们提供了丰富的食物和漂亮的衣服——来到炫彩马戏杂耍团之前，我从来没有吃过那么好吃的面包，大家都是这样想的。”他说，“即便是登台表演的时候，我们也从没想过身上的安全绳会被故意剪断，台下的观众都在笑，但是，天上的孩子都在哭。”

我拍拍椿的肩膀，示意他不必再说下去。

借着附近山体做掩护，我们一直等到天黑，才偷偷潜入剧场二层。我撩开面前厚重的布帘，看见聚光灯下很多人在排练节目：小丑装扮的工作人员在孩子们的身上系好安全绳，然后让他们排队走进纯金打造的巨型鸟笼中，脱掉鞋子；随着音乐渐渐响起，笼子被打开，他们像飞鸟一般涌出，张开双臂，带着微笑，向着剧场的顶棚“飞”去……

我数了数，不多不少正好十二个孩子，他们穿着白衣、背着天使翅膀，和椿说得一模一样。

“那些，就是‘白鸽’吗？”

“是的。”椿压低声音，“我们是首演，所以，他们应该是为了下一场演出而招募来的孩子。”

下一场演出？可恶，这些黑心的利己主义者，到底还要将这种残忍的演出重复多少遍啊？

我的目光向周围望去，很快，一张巨幅海报映入我的眼帘，是明晚的演出公告，上面用巨大的红色花字标注出了“白鸽放飞”的标题。

明天晚上？！

看样子，得抓紧时间了。

—12—

等孩子们排练完毕，我与椿在夜幕的遮掩下，潜入他们的宿舍。

可能是为了方便管理，十二个孩子被集中在一间很大的房间里，除了整齐摆放的十二张小床，墙面上还贴着一张天才魔术师彼得先生的海报。每个孩子都在海报前恭敬地鞠躬之后，才上床睡觉。

整晚的排练让孩子们体力不支，很快，他们就发出了轻微的鼾声。

我大着胆子翻窗进屋，又将椿抱进来，不管不顾地开始摇醒床上的人："醒醒，都醒醒！如果想活命的话，就趁着巡逻的人还没有过来，赶紧跟着我们从这里逃出去……"

几个孩子揉着眼睛，惊恐地问我们是谁。

他们完全没有意识到自己的危险处境。

我留了个心眼，没有自报家门——营救的事能否成功还需要打上问号，如果给飞檐救援队带来麻烦就不好了。

"我和你们一样。"椿开口安抚他们，"是炫彩马戏杂耍团的成员。"

"咦？你也是参与表演的孩子吗？为什么从没见你排练呢？"

"听我说，所谓的'白鸽放飞'表演，并不是你们想象中的样子！你们会飞上天去的，你们会死掉的！"椿激动的时候，说起话来会鼓着腮帮，他站在一张小床上，努力想要和周围的同龄人解释清楚之前所发生的一切，"别问我怎么知道的，因为我就是首演之后唯一活下来的'白鸽'，其他人都消失了，你们不能再被彼得欺骗了！"

"他说得没错，如果不想飞上天空再也回不来的话，就赶紧跟我们走！快点解开床上的安全绳，再不走就来不及了！"我指着窗户，比他们还紧张，"你们放心吧，我长得这么帅，怎么可能是坏人？"

然而，最大的孩子只是看了我们一眼，迅速拉响了手边的警报器。

椿脸上的表情，从期待转变成失落，最后被我一把抱进怀里，沿着来时的路冲出了“白鸽”们的宿舍。

所以说啊，我是真的很讨厌小鬼头。

—13—

刺耳地警报声响彻在乔戈峰上。

此外，遍布在剧场各处的喇叭里，还响起了魔术师彼得那洪亮的声音：“听好了，任何人都别想打‘白鸽’们的主意，识相的话就在那里乖乖别动，你们是逃不出去的……”

炫彩剧场里的探照灯有规律地四处投射，妄图撕开黑夜的伪装，寻找到擅自闯入者的行踪。我一边逃，一边和椿吐槽说，还是在电视里听这位天才魔术师的声音才更有魅力。

追我们的人差不多二十来个，趁他们不注意，我强行掰断了剧场里的一个灯架，用自己的外衣包裹好，任由其飞上天空——果不其然，那群傻子很快追了过去。

借助发射器里的钛金绳，我和椿迅速转移到剧场顶部。

整个过程中，我不止一次在想，如果能活着回到飞檐救援队总部，我一定要给凯恩队长一个大大的拥抱。

我们用锁扣将身体固定住，并肩坐在剧场顶棚上休息，这里安装着数以百计的霓虹灯，各种形状，各种大小，极尽奢华，椿说，只有在正式演出的当晚才会开启。

他从围栏后收回脑袋，又告诉我，追捕我们的人都去了别处。

暂时安全。

巨大的挫败感依然令我窒息，我是真的没有想过，那些孩子完全听不进我和椿的话。

我拍了拍椿的肩膀："我现在知道，当初你为什么没有跑出去了。"

他没有否认："因为所有孩子都觉得，这里实在太好了，一旦离开，我们立刻就会被遣送回寒冷又贫瘠的三区。"

是啊，这里是高高在上的一区，这里是光鲜夺目的炫彩马戏杂耍团，这里是所有箱庭贵族的享乐园……那些孩子并不明白，在自己享用过那些美味的面包和舒适的洋服后，需要付出什么样的代价。

"对不起，阿飞先生。"他向我道歉，"都是因为我，才让你惹上麻烦，如果能事先通知警方就好了。"

"有点困难。"我看着剧场周围缓缓通上电的电网，发现通讯器已经暂时失灵，"看样子，这里已经进入了一级戒备状态。"

"那，明晚的表演会延期吗？"

"我想不会，彼得可耽误不起那些达官显贵的时间。"

"所以，那些孩子还是会……"

我抬头望了一眼头顶的天穹，自一区望过去，似乎更加澄澈了，像极了巨兽张开的大口。

神游之际，我发现手边居然有一条缝隙，隐隐约约，可以透过它看见剧场内部的样子；椿说过，在"放飞白鸽"仪式末尾，顶棚会被打开，那应该就是指这里了……

我猛然想到什么，迅速撸起袖子。

椿不明所以地看着我："阿飞先生，您想做什么？"

“这个质感，像是一种油布，应该不难穿透。”我调整好角度，用钛金绳发射对准缝隙，“还记得甬道里的拦截网吗？或许，我们也可以做一张网，即便剧场的顶棚被彼得打开，也可以将那些孩子救下来！”

“您该不会是打算，用钛金绳来做网吧？”

“为什么不呢？五百米长的钛金绳，完全够用，而且它又轻又细，缠在这里的话，是绝对不会被人发现的。”我撩了一下刘海，故作帅气地对他笑，“唯一头疼的是，我可能下半辈子都要在飞檐救援队免费工作了吧……”

我没有告诉椿，不是可能，是一定。

毕竟，这一卷钛金绳，差不多抵得上一套大平层啊。

—14—

如我所料，炫彩马戏杂耍团第二天的演出并没有推迟。

昨晚的骚动只不过是一场毛毛雨，并不能将彼得那颗被利益蒙蔽的心洗涤干净。

剧场外的霓虹灯齐齐亮起，天才魔术师的巨幅海报在空中飘扬，各种豪车停在剧场外，衣着光鲜的男男女女们，手里拿着门票走进剧场入席；我和椿偷了两套玩偶服，将自己混在工作人员之中，眼睁睁看着那些被当作“白鸽”的孩子们换上了演出服，洋溢着笑容钻进纯金鸟笼。

精彩绝伦的演出在我眼中索然无味，看台上的观众们却欢呼不断。

天才魔术师彼得的节目被安排在最后，是几个近景魔术，再加上大变活人和水牢解脱，我发誓，这是我从小到大第一次这么近距离观察魔术表演，却非但没有激动，反而觉得舞台上的家伙面目可憎——利欲熏心的商人，远比“天才魔术师”这个头衔更适合他。

台下掌声雷动，我和椿相视一眼，绷紧了身子。

节目结束后，彼得没有退场，他接过主持人的话筒，站在台上开始主持最后的“放飞白鸽”仪式。在全场观众的屏息凝视中，有人将鸟笼打开，一身纯白的孩子们手里拎着花篮，缓缓飞向空中，向全场抛撒花瓣。

我看得分明——他们的腰上，系着金色的安全绳。

就在全场表演接近尾声的时候，彼得却站在台上露出了冷笑，伴随着音乐节奏的变动，他从礼帽中变出一把金剪子，一根一根剪断了安全绳，与此同时，剧场微微晃动，开启顶棚的程序，启动了。

彼得煽动起全场的情绪：“来吧！今夜，让我们狂欢吧！这样的表演各位在别处可看不见！”

孩子们终于意识到危险，开始惊慌失措，迫切想要抓住什么。然而，在场的所有人都不允许他们这么做，那些男男女女嬉笑着，伸出手指指点点，看着那些即将消失的生命徒劳地做着最后的挣扎……

整个仪式被推向高潮，却在顶棚发出的怪异声响中，不得不暂停下来。钛金绳网兜拉住了两片软顶油布，顶棚迟迟无法打开，孩子们也停止了飘浮……彼得在台上急得跳脚，啪啪拍打着开启顶棚的按钮，可惜，一切都是徒劳。

“嘿，谁允许你们站在观众区的？”有工作人员看见了我和椿，压着声音警告我们，“快滚出去！”

我和椿不发一言，顺从地打算离开。

然而，那几个工作人员中，忽然有人对着通讯器一声惊呼：“等等，谁将全箱庭的同步直播打开了？这一段内容绝对不能播出去！关闭！快点关闭！通知直播部门，迅速处理掉画面！”

但是他万万没有想到，自己的惊呼声，也已经被直播出去了——我搬进单身公寓那么久，从来没有付费看过电视，从来都是邻居家看什么，我跟着看什么，没办法啊，为了省钱，人的大脑开发率可以大大提升。

现在，整个箱庭应该都知道炫彩马戏杂耍团是个黑心组织了吧？

很快，就会有警察赶往这里揭穿他们……

所有的计划都非常完美。

然而，就在我和椿离开观众席的前一秒，有位身穿精致洋装的女宾客起身借过，不小心撞了我一下。随着“啪”的一声，我固定在玩偶服上的通讯器掉在了地上，吸引来所有人的目光。

当然，也包括彼得的手下。

不知道碰到了什么键，直播画面一下子切换到现场的电子大屏上，宾客们纷纷捂住脸，生怕被卷进这一场丑闻之中；彼得则吓得脸色苍白、表情僵硬，他鹰隼一般的眼睛迅速锁定了观众台上的我和椿。

在现场的骚乱中，他对手下大呼："抓住他们！"

身穿玩偶服的我们，身手没有平时那么灵活，就在我思考如何脱身时，只觉得后脑袋一阵剧烈的疼痛，似乎是被什么击中了，我眼皮一沉，只看见椿惊恐的眼神和扑向我的身影……

15

三天后，我在医院病床上醒来。

我的额头上缠着厚厚的绷带，还有不怎么好闻的药膏味，引以为豪的发型也已经荡然无存。

我努力回忆了一番，只依稀记得那天晚上，我偷偷摸摸改变了炫彩剧场现场直播的时间段，将完整的"放飞白鸽"仪式向整个箱庭居民播放，然后，被彼得的手下击中了头部，疼得当场晕了过去。

居然还能活着回来，一定是……

等等，我还活着吗？

"阿飞先生，您终于醒了！"椿疲惫的声音在我耳边响起，他从病床边站起来，激动地拥抱我，"您没事可真是太好了。"

我也用拥抱来回应他——有温度，还活着。

后来我才知道，在我们被彼得抓住之后，整个炫彩剧场就被警察和飞檐救援队员给包围了。眼瞅着事情渐渐闹大，那些达官显贵坐不住了，纷纷开始指责彼得，众叛亲离的天才魔术师不得不出面向警方求和，我和椿也被送进医院，被当作"白鸽"的十二个孩子也全部被救下，在进行完心理辅导后，将有专人送他们回家。

至于他们为什么会及时赶到，是因为麦克队长给我的备用车钥匙里，放有一枚定位器，当他发现我带着椿一起去了乔戈峰后，立刻派人联系了警局和救援队总部。

“还有最后一个问题，小椿，请你务必诚实地回答我。”

“您问。”

“我头发呢？”我坐在床上生气，“我还能拥有帅气的发型吗？”

椿还没来得及回答我，熟悉的男声就在门口响起，我抬眼，意外地发现是凯恩队长，他没好气地瞪着我：“堂堂飞檐救援队的优秀队员被人揍成这样，还惦记着发型，说出去还真是给我们二区总部丢人。”

我“嘿嘿嘿”地笑。

和他一起来探望我的，还有一区办事处的麦克队长。

他倒是对我很赞许，甚至还问我，有没有来一区工作的想法——他可以想办法帮我解决五百米钛金绳的赔偿金问题。

我痛苦地捂住额头。

他们却看着我哈哈大笑。

笑够了，我问椿：“你呢？事情解决了，你也要回家去吗？”

椿摇摇头：“阿飞先生，我还有件事骗了你……其实，我是个孤儿，我的父母原本在街头卖艺，但却先后患病离开了我。所以，当彼得的手下找到我，还说要带我去炫彩马戏杂耍团的时候，我非常开心地答应了下来，以为以后可以像爸爸妈妈一样，变成非常厉害的大人。”

我想了想，问他愿不愿意留在二区？虽然条件差了点，但我的单身公寓里还能再塞进一个人，直到他变成非常厉害的大人之前，都可以住在我那儿。椿惊讶地点点头，忽然又神秘地说："不过，我最近有了新的梦想。"

男孩仰起脸，看着我笑了一下，似乎并不打算告诉我们这些大人，自己的新梦想到底是什么。

但我们这些大人都能猜得到。

毕竟，守护好这片天空，也是我们小时候都做过的梦。

End

人格测试

PERSONALITY TEST

走着走着飞起来了会是因为什么？

- A. 我是天选之人（+5）
- B. 超能力觉醒了（+3）
- C. 引力失常了吧（+2）
- D. 快逃（+1）

审判裁定：▸▸▸ 剥夺幻想能力，终身监禁。

罪梦者

罪行：曾用梦将游乐场的空摩天轮变成飞行舱，升空未遂。

危险程度：▸▸▸ A

ID：F-009

在宇宙打工的日子

罪梦者 瑞迟

一个养多肉比写文章更厉害的二八青壮年，大力且有脑，穷困还潦倒，人甜巨招蚊，热血化甜文。

01

姜南冥从小就和别的小女孩不同。

同样的年纪，别的小女孩要芭比娃娃毛绒玩具，而姜南冥能赖在玩具店的飞机模型和热气球玩具前面一整天不肯走。

姜南冥五岁的时候看过《魔女宅急便》，小丫头把家里的每把扫帚都试过了，就是没有一个能带她上天。

九岁的时候，姜南冥又看了《飞屋环游记》，明白了能让自己飞上天的可能不是魔法扫帚，而是一把彩色的气球和一腔热勇的精神。

姜南冥十八岁的那个春节，《流浪地球》票房大卖，而她也明白了只有构造复杂精细的飞船才能带人类飞往宇宙。

广阔浩瀚的宇宙里还有多少神秘未知的物质？炙热庞大的

太阳是否真的永远在燃烧？广袤无垠的银河系里到底藏着多少颗星球？这些问题都足以让姜南冥兴奋雀跃，就像在心里藏下一个个礼花盒子，等着她去发现，等着哪天在她面前嘭的一声惊喜地打开。

可是，姜南冥最终还是没能飞上天，一次也没有。

一次偶然的摔倒让姜南冥认识了一个复杂的病理学名，她不知道这个病是怎么找上她的。姜南冥只明白这是她之前从未听说过的词，现在轻飘飘地一个个扎破了她心里的礼花盒子，留给她的只是空空如也的壳子。

当志愿表上自己曾经朝这个方向坚持了十几年的航空航天大学换成了让父母欣慰的师范类院校。姜南冥没有哭鼻子，而是极其平静地一边将贴满了房间的飞船海报一张张收进箱子，一边一遍又一遍地安慰自己。

当一个安安稳稳的老师好像也不错。

“姜南冥！那你真的不想去天上飞一回啦？”

五岁的姜南冥、九岁的姜南冥仿佛同时出现在面前，叉着腰瞪圆了眼睛反复问着同一个问题。

“我想啊！”十八岁的姜南冥毫不犹豫道。

“可是，我已经没有做梦的资格了。”

高考结束的那个夏天，姜南冥又去了小时候最喜欢去的游乐园，她想再坐一次里面的飞船。

吃惊的是，今日游乐园最高处的观景台上挤满了人。

噢对，姜南冥想起来了，今明两天有流星雨，最近新闻媒体都报道好多回了。

姜南冥望了望那乌泱泱的人头，转身朝着“飞船遨游”的游乐项目走去。

姜南冥挑了艘造型可爱、颜色绚彩的飞船小心翼翼坐上去，手慢慢握住小小的方向盘。

那就再最后一次体验下飞行的感觉吧。

“各位游客请注意，‘遨游号’飞船即将起飞，带你畅游精彩宇宙！”

姜南冥闭着眼，她感觉身下的飞船开始缓缓升起，远处的人群因为一闪而过的流星开始欢呼起来，但姜南冥只觉得离他们越来越远。

飞船越往上升高的时候，姜南冥的心脏越是怦怦跳动着，窒息般的压迫感缓缓袭来。姜南冥倔强地忍着，飞船渐渐远离地面，突然某个瞬间，姜南冥觉得一下子舒畅轻盈起来，呼吸也平稳缓慢了，阵阵凉风拂过耳畔，吹走了夏日最后一丝炎热，也仿佛带走了人群的喧嚣热闹。

周围都安静了下来，静谧无声的夜色温柔地包围着自己，沉静似水。

良久，姜南冥觉得有些冷才后知后觉反应过来，这次的时间怎么有些长?

难道是因为自己太久没来，这边设置的时长都变了?

奇怪? 怎么连先前的音乐声也没了?

姜南冥终于睁开眼，愣愣地环顾了下四周。

嗯……等下！这是哪儿？！

02

“小姐，这里是银河 67 号便利店。”面前的女孩不厌其烦地第五次回答了姜南冥的问题。

“您说的地球距离这儿不远，等下只要搭上下趟经过这儿的 D62 彗星列车就能到达，车票在卫星车站就能购买哦！”

面前的女孩是笑容满满，可姜南冥却彻底凌乱了。

她这是现实版星际穿越？

而且还是坐着游乐场的造型夸张、颜色粉嫩的小飞船过来的？

姜南冥呆愣愣地走出便利店，外面的世界于她是陌生又新奇的，此刻的她置身于一片浩瀚无垠的空间，像是飘浮在半空中，又像是站在一条无形的道上，头顶和脚下都是浩瀚无边的宇宙。

面前是一条广阔无边的河，透明深广且神奇地熠熠发光，里面沉淀飘浮着许多星星点点的发光体，像是石头又像是钻石，时而流动时而静止，闪着细碎的微光。这些数以万计的发光体汇聚在一起，缓慢地向河流那头蜿蜒伸展着，美轮美奂，壮阔至极。

姜南冥低着头瞥了眼脚上穿着的人字拖，又瞟了眼脚下神秘壮阔的银河，这是什么神奇梦境？

刚刚那便利店女孩说什么？彗星列车？

在哪里买车票？支付宝还能用吗？

又弱小又无助的姜南冥就这样可怜兮兮地蹲在便利店门口不知何去何从，这时身边站过来一道人影，紧接着头顶飘下来一道懒懒的男声。

“我刚刚听到了你要买去地球的车票？那车票可不便宜。”

姜南冥抬起头，只见看见一个弧度利落的下颌线和上下滚动的性感的……喉结。

是个男人，正在仰头喝着饮料。

待他喝完，姜南冥才看清他的模样，男人身材颀长，头发长而乱糟糟的，眼底的两抹淡青色显眼得很，加上略显消瘦的下巴上冒出的一片小胡茬儿，十二分诠释了什么叫疲惫与颓废。

不过，姜南冥的注意力却被另一处吸引过去。男人皱巴巴的衣服外竟披着件极其漂亮的银色披风，洁净得一尘不染，笔挺又轻盈，有几不可微的流光在上面闪烁，就像染上了最皎洁无尘的月色。

姜南冥从未见过这样的衣服，她也记起来了，刚才在便利店这个人就在旁边等着结账。

男人大咧咧地擦擦嘴：“你没钱吧？当然，这边的钱不是你们那儿那种臭烘烘的东西，而是这个。”

男人垂下头直直望过来的时候，姜南冥有些意外，男人竟是个邋遢又好看的人。

男人的眼睛明亮有神，眼尾长且微微扬起，漆黑的瞳仁里有不易察觉的清冷微光一闪而过，姜南冥捕捉到了，和他那件银色披风上的光如出一辙。

男人手心躺着便利店刚刚找零的“钱”——两枚月光。

姜南冥点了点头，男人像是早就猜到了似的弯起眼尾：“我最近正好在找助理，短期的，待遇丰厚，工作轻松，你想来不？”

见姜南冥一脸犹豫迟疑，男人了然："你放心，这儿可不像你们那儿，坏人是进不来的。"

"况且，你见过像我这么帅的坏人？"男人说着咧开嘴，他笑起来很好看，整齐的牙齿像一排小小的白贝壳。

姜南冥眨了眨眼睛，好吧，纠正下，他应该是个邋遢好看且自恋的人。

03

姜南冥就这样被这个披着件亮眼的披风、明明一派不修边幅却自恋臭屁的男人给捡回去了。

男人觉得姜南冥这个名字太繁复了，倒是觉得"阿南"叫起来颇为顺口。

"姜南冥。"谁知女生一字一顿纠正道，"我就叫姜南冥。"

男人有些愣住："怎么，这个名字对你有什么重要寓意？"

"我爸爸说古书上的记载了一种鹏鸟，能扶摇直上九万里。而南冥就是它们出发的地方。"

男人若有所思："噢我好像是有点印象，你说的那个什么鸟我很久之前见过几回，每回都差点没把我掀飞了。"

他见过庄子的鲲鹏？

姜南冥觉得有些瞎扯了，便把话题拉了回来："我该叫你什么？"

"名字吗？唔，隔壁的阿金叫我邋遢鬼，便利店的女孩叫我顾客，好像我见过的每个人叫我的名字都不一样。"男人看着姜南冥，"你们呢，你们那儿管飘在天上的人叫什么？"

“天使、ET、仙人、上帝、神明……”姜南冥瞥了眼男人，“或者阿飘。”

男人那双好看狭长的眼睛微微眯起，一脸嫌弃："怎么现在的都那么难听了？好像就神明好点儿，你就叫我神明大人吧。"

姜南冥后来才没有叫他神明大人，她叫他江初，因为邮寄给他的快递上写的名字是江初。

“银河689号住户，江初的快递。”一颗背着鼓囊囊快递的小流星在门口喊道，将快递交给姜南冥后便“倏”的一声去送下一个快递了。

姜南冥打开一看，江初又买了一段四月的阳光。每隔段时间，江初就会买来四月的阳光，将其放在房子里的任何角落，就立刻能温暖明亮起来。

因为江初住的地方，真的是太偏远太清冷了。

银河一共有690号住户，江初是第689号，住在银河最后的那位是远近闻名的黑洞大佬，古怪神秘，不近人情，明明距离他老远周围就已经是乌漆墨黑的一片了。

不过，江初住的地方也好不到哪里去。姜南冥从没见过有人用白色的砖头建房子，而且还是从里到外、从前到后都是亮白白银闪闪的那种，既不耐脏又显得十足清冷冷的。

尤其是一到晚上，姜南冥不知从哪儿会冒出丝丝凉意，惹得人睡不安稳。

可有了四月的阳光就会好很多，可姜南冥还是有些奇怪，因为江初晚上一般都不在，那他买这个干什么？

江初每每一到晚上就会带上他那件银色的披风出门，然后在早晨的时候哈欠连天地回来，男人把身后那鼓囊囊的袋子交给姜南冥后进屋倒头就睡，往往能睡上一整天不挪地。

那鼓囊囊的袋子里装的东西姜南冥到现在也不清楚是什么，像是形状各异、大小不一的石头，只不过有的是透明发光的，有的则是黯淡蒙尘的。

姜南冥的工作就是用最干净清澈的银河将它们洗干净，然后再将一颗颗摆在屋顶或者挂在窗檐下晾干，江初说再过段时间他要把它们挂到更高的地方去。

别看江初平日里自己邋里邋遢的，可他却要姜南冥将院子打扫得一尘不染干干净净的，他总嫌自己的院子脏——明明没有风，江初的院子里、窗台边、屋顶上却总是能落上满满一层月光碎屑。

比起洗那些石头，姜南冥对于扫月光倒是很积极勤快，因为她偷偷将这些月光碎屑攒了起来，已经装了满满两大瓶，她相信用不了多久她就能买得起去地球的车票了。

可某天，姜南冥努力攒月光回家的小秘密却被江初撞破了。男人竟然没生气，反而好笑地看着她："哎，忘了告诉你了，你就算攒够了也暂时回不去。"

"毕竟下一趟的 D62 彗星列车要一年后才经过这儿。"

这个犹如晴天霹雳的消息让姜南冥着实情绪低落了好些天，江初撑着下巴有些不开心。

"难得来趟宇宙，你们怎么净想着回去？"

04

原来，姜南冥不是第一个来这儿的人。

江初说大概很久之前吧，也有个女子莫名其妙就来到他这儿，长得很是漂亮。只不过自在他这儿的第一天起，那女子就坐在门口的树下看着银河下灯火通明的世间整日以泪洗面，江初有颗怜爱之心，实在看不惯那女子哭哭啼啼日渐消瘦下去，便叫了月亮巡游车提前送她回去了。

看来我也要天天哭得梨花带泪才能回去，姜南冥暗暗琢磨着。

谁知江初一眼看穿了她的小心思："你就算哭得鼻涕眼泪一大把也没用，因为现在的月亮巡游车可不是随随便便就能开出来的。"

江初叹了声气："作为宇宙里最玉树临风、人见人爱的神明大人，竟然接二连三留不住两个女人，你们女人哪还真是奇怪。"

姜南冥气哼哼地想，江初算哪门子的神明大人，住的地方又偏又远就算了，还总是晚出早归只会叫她去银河里洗石头。

而且姜南冥现在还深度怀疑，江初到底最后能不能帮她买去地球的车票，因为江初每次出门从不买车票，他的那件银色披风能带他去任何地方。

即使每次飞来飞去的结果是灰头土脸，脏兮兮得很，但江初每次出去依旧坚持用他那件披风。

姜南冥猜测，他怕不是因为没钱才连最便宜的夜班彗星车都不坐吧？

姜南冥越猜越觉得像，她现在还怀疑那个什么有着世上最皎洁光芒的月亮巡游车都是江初自己瞎编出来的，就是为了骗自己待在这儿给他洗石头。

姜南冥觉得男人都不可靠，万事还是要靠自己。于是她带着攒了很久的月光碎屑出了门，打算去卫星车站看看能不能换上车票。

可姜南冥路痴，出了门就不认得路，只知道沿着银河走，可她越走觉得越冷，越走觉得越暗。

渐渐地，姜南冥有些虚了，她想要不还是先回去吧，可是一回头却找不到来时的路了。她这才发现脚下的银河不知何时也已经没了踪迹，周围全是静谧无声的黑暗。

姜南冥抱着怀里微微发亮的月光欲哭无泪，就在她不知所措的时候，江初再次出现将她捡了回去。

姜南冥激动得眼泪都要掉下来，因为和头次便利店门口见面完全不同的是，江初竟然坐着一辆发着光的豪车从远处驶来。

天！还有专门下车替他开门的司机？！

"姜南冥，你还真是麻烦。"江初皱着眉头一脸嫌弃地抹干净了姜南冥的眼泪，男人漆黑的眼眸中盛着的几微光芒在这黑暗中尤为清晰，熠熠生辉，就像姜南冥此时怀里抱着的皎洁月光。

姜南冥呆愣愣地望着面前的江初，因为此时的他，声音还是之前那个声音，可人却早已不是那个邋里邋遢的江初。

姜南冥今天才知道，原来江初还可以这样干净清冷得好看。乱糟糟的长发不见了，那双漆黑如夜的眼眸此时完全显露出来，里面有暗光在流转，直直望过来的时候尤为摄人心魂。

收拾干净清爽的江初还真是个赏心悦目的美男子，高鼻薄唇，眉眼清俊，之前颓废的气质仿佛只是个错觉，现在的江初清冷俊朗得尤为不真实。

江初身上依旧披着那件轻盈发光的银色披风，暗光流动，一尘不染。

“喂。”江初弹了下姜南冥的额头，“只是难得收拾下，不要这样一副花痴脸好吗？我都说了我是宇宙里最玉树临风、人见人爱的神明了。”

哼，果然一开口又回到那个自恋的江初了。

原来江初收拾得这么干净是因为有重要的事情要做。

江初瞥了她一眼，对一直候在一旁的男人说：“算了，让她也一起去吧。”

姜南冥记得江初说过，他有过好多名字。

邋遢鬼，顾客，江初。

可那个恭敬弯腰的男人却喊他望舒。

他说：“好的，望舒大人。”

望舒，月御也。

——神明吧，你就叫我神明大人。

江初，望舒，月亮。

05

江初要去的地方是银河上方的最北端，那里是布满星星的地方。

原来自很久很久以前，夜晚的宇宙中每一颗星星都是由月神沐浴净手后亲自挂上去的。

所以，姜南冥每天洗的那些才不是什么透明的石头，而是江初每晚披上披风出去捡回来的星星。

江初说天上的星星其实都是来自人间，有的是成年人的珍贵梦想，有的是孩童的奇妙幻想或恋人的真挚热爱，各种各样的都有。

身为神明的江初从很久以前开始，每晚出去将这些散落在人间各处的星星捡回来，用最干净纯澈的银河将它们洗干净。然后每隔一段时间驾着最皎洁明亮的月亮巡游车去银河最上端，将它们一颗颗挂起来。

于是，世间的人们只要一抬头，就能看见银河浅浅，点点繁星。

“可是现在你看看，我捡回来的分明就是一堆石头。”

江初正一脸嫌弃地从姜南冥手上拿起一颗微微发着弱光的星星挂上去，微小的星光忽明忽暗，好像再站远些就看不到它的光芒了，可这已是这里面最亮的一颗了。

江初说，他还记得那些实现了的成熟梦想会闪着盈盈绿光，孩童们最天马行空的幻想则是明亮夺目的黄色星星，而恋人之间最真挚热烈的爱情则折射着最纯澈干净的蓝色光芒。

每个人都有着等待发光发亮的星星，就像一棵树一样，经历了漫长的一生才能孕育出最成熟甜美的果实。而在他们熟睡的夜晚，江初则会将这些熠熠发光的星星捡回去，挂在银河最高的地方，浩瀚星海，永世长明。

可是现在不同了。

江初像是挂星星挂累了，解下披风坐了上去，他朝姜南冥招了招手，女生也乖乖地坐在他旁边。

江初低头望着远处世间的万家灯火，眼眸中盛着姜南冥看不懂的光亮。

“现在的小屁孩儿啊，很早便没了想象力，我已经很久都没看见黄色的星星了。

“关于爱情的星星倒是不少，只不过发出来的光像蒙了尘，任多干净的银河怎么洗，也洗不出以前的纯澈干净。

“而梦想的这颗更可笑，很多人连生命的一半还没走到便迫不及待地丢掉了，现在我捡到的时间越来越早。你知道吗，这些星星不是因为梦想实现了而掉落下来的，是因为早早被放弃了而落入尘世。

“而这些才真正像颗石头，就算挂在银河上也是永远黯淡无光的。”

所以，江初每晚会寻遍很多很多地方，只为找到一颗很久没见的会发光的星星。江初跋山涉水，风尘仆仆，但往往都是一无所获。

江初冷不丁侧过头靠过来，不偏不倚盯着姜南冥，清冷的眼眸突然神奇地熠熠发光起来，他像是在望着她又像是在看着某些姜南冥看不到的东西。

姜南冥有些发虚，而直直盯着她的江初却不慌不忙地开了口：“嗯……你幻想的星星摘得还算晚，爱情的应该是还没开始发亮，不过怎么只有这两颗？”

江初眼眸里的光淡了下来，等姜南冥再一抬眼，男人已经恢复如常，依旧维持着刚才的姿势，一双漆黑如夜的眼睛近在咫尺，摄人心魂。

“姜南冥。”江初盯着她，眼眸清亮，“你梦想的那颗星星呢？”

06

“噢，也就是说你原本应该像你的名字一样，立志要当一只在南冥之水扶摇直飞展翅遨游的鹏鸟，因为什么……噢对……什么心脏的病而不得已放弃了飞行的梦想。”江初终于理顺了，若有所思道，“所以你是被迫这么早就丢下梦想的那颗星的？”

姜南冥垂下眼点了点头，等到再次抬眼时却看见江初正饶有意味地眯着眼盯着自己。

世间很多人会为自己过早丢掉梦想而找各种理由搪塞开脱，江初听得耳朵都起茧了。

“嗯，这个理由倒还是第一次听，有点意思。”还没等姜南冥反应过来，只见江初披上披风，一把拉过自己。

“你，你要干吗？！”

“我帮你体验下你被迫放弃的梦想啊。”江初似笑非笑，然后姜南冥感觉一双微凉的大手不由分说覆上自己的眼睛，一阵温热的气息喷洒在耳后。

“你数三个数。”

姜南冥才没跟着数，她此刻心都提到嗓子眼儿了，那股熟悉的压迫感再次四面八方涌来。

“一。”江初的声音在耳边又轻又缓。

“二。”姜南冥清楚感觉他们正迅速下坠，脚边的风自下而上吹得女生耳侧的头发扬起，风声越来越清晰，也越来越急促。

“三。”突然所有的风声倏地停歇了，江初带着她像是静止在某处，周围安静得出奇。

江初声音温沉：“姜南冥，睁开眼。”

姜南冥紧紧抓着江初覆在自己双眼上的手，极其小心翼翼地睁开了一条缝儿。

月光平静的夜空，随后视线缓缓下移，刚扫到他们脚下，江初只觉得怀里一沉。

“喂！”

“姜南冥？！”

是的，姜南冥两眼一黑，晕过去了。

江初臭着脸抱着姜南冥飞回了银河689号。

“到了。”

姜南冥依旧是蜷缩着一动不动，江初瞥了眼怀里的人：“我数三个数，再装晕的话我就把你挂在刚刚挂星星的地方去。”

“一。”女生没动。

“二。”姜南冥的睫毛几不可察地扑闪了下。

“三……”江初话音刚落，就看见怀里的人倏地睁开了眼。

“嗯？怎么回来了？”姜南冥故意眨巴了两下眼，“我记得你刚刚带我飞来着，哈哈谢谢了啊，感觉很好，下次就不劳烦神明大人了。”

姜南冥一边讨好地笑着一边从江初怀里下来：“你看天快

亮了，劳心劳力的神明大人赶紧去休息吧。”

此后，江初像是找到了比捡星星更有趣的事——骗姜南冥去飞行。

“哎最近新开了个云朵游乐场，里面的卫星飞行听说挺刺激的，姜南冥你去不去？”

“最近捡的星星越来越少了，姜南冥，明天开始带你一起去吧？”

“姜南冥我生日的时候记得帮我定个星云蛋糕，路太远了我可以借你我的披风！”

姜南冥怕不知什么时候莫名其妙又被江初带上了天，她渐渐摸索出一套时间方案，完美精准地避开他们可能遇见的每次机会。

而在某个明晃晃的大白天，姜南冥走进院子却瞧见江初悠闲地坐在树下，慢条斯理地喝着茶。

一瞬间四目相对，姜南冥跟见到鬼一样，结结巴巴起来。

“你、你怎么没睡？”

“我、我等着吃蛋糕啊。”江初又模仿她。

什么？神明还真的有生日？！

姜南冥之前完全没当回事，把要替他订蛋糕这件事完完全全抛在了脑后。

江初的俊脸臭了一整天，直到快到日落时，姜南冥提着绕了好久才买到的星云蛋糕回到银河 689 号，男人才又终于弯起了眉头。

江初兴致勃勃地插着火星蜡烛，姜南冥又刷新了认知，原来神明不仅能过生日，而且过生日时也要吹蜡烛。

“你们神明该不会也能许生日愿望吧？”姜南冥好奇。

“当然。”

只见江初闭上眼，眼前的小火星蜡烛悠悠燃着，男人的神情竟也无比虔诚，无声默念着什么。

姜南冥忍不住再次好奇：“那谁替你们实现呢？”

江初许完愿缓缓睁开眼，眼眸意味深长起来：“神明每亿万年过一次生日，所以我们每亿万年才可以许一个愿望，不用谁替我们实现。”

什么意思，姜南冥听不懂。

“因为太珍贵了。”江初望着姜南冥狡黠地笑了起来，“所以神明的愿望一定会实现。”

姜南冥突然觉得右眼皮突突跳了起来，心脏一瞬间停滞，她有种不太妙的预感。

“你、你刚刚许了什么愿？”

江初不由分说吹灭蜡烛，没回答她的问题，反而冲姜南冥笑得人畜无害：“姜南冥，我现在要实现愿望了，你准备好了吗？”

话音刚落，姜南冥就觉得双脚腾空，女生还没来得及反应过来就被早已披上披风的江初一把拉过。

“江初！”远远地，姜南冥暴跳如雷的吼声穿破天边厚厚的晚霞。

“你竟然许愿让我去飞？！”

07

姜南冥紧紧闭着眼，突然涌来的失重感再次让她觉得呼吸困难起来。

“别怕。”江初的声音贴着她的耳朵，“不要小看神明的愿望，相信我。”

姜南冥被江初牢牢牵着，江初就站在她身后，她的后背抵着他的胸膛，一丝不易察觉的清冽香气从鼻尖侵入，清淡又绵长，带着夜晚的温度，一路直达心底。

姜南冥渐渐放缓了呼吸，可她还是不敢睁开眼，她只听见江初在耳边念叨。

“你看见银河边上的那片豪宅了吗，那是阿木的家，你们老是喜欢给她养的一堆卫星取各种稀奇古怪的名字。”

“那边那个在跑步的是小水，他大概是我们这里面跑得最快的了。”

“噢最边上的那两个连体婴儿似的，是冥冥和卡卡，他们兄弟俩总是一同出入。”

江初低头看了眼依旧紧闭着双眼的姜南冥，好笑地叹了一口气：“其实，这么些年来我哪里都逛过，你们一头想往宇宙里面扎，我倒是觉得你们的那个世界才更有意思。”

“你们以前都是脚踏实地待在地上的，这次我带你看看以前从未看过的。”

“来，你数三个数。”

又是数数！可姜南冥还是默默地跟着江初念了起来。

“三，睁眼。”一阵风倏地在脚边停住。

姜南冥两眼皮刚战战兢兢地睁开条缝儿，下一秒心脏便剧烈跳动起来，脑子里嗡嗡嗡响着，腿一软差点滑下去。

江初眼疾手快地一把揽住姜南冥的腰，将她圈在怀里。

“姜南冥。”江初的声音温温沉沉，却带着小小的威胁，“你这次要是再敢晕过去，我就让你一辈子在我那里洗石头，但若你这次能坚持到太阳落山。”男人放缓语速，一字一顿道，“我就放你回去。”

姜南冥内心小小地欢呼了下：“真、真的？说话算话！”

江初好笑地弯起眉：“神明从不说假话。”

姜南冥终于小心翼翼睁开眼，一看到脚下的瞬间心脏又倏地提到嗓子眼儿，可预料中那窒息般的压迫感并没有卷土重来，唯一感受到的情绪只有紧张。

江初和姜南冥正悬浮在半空中，头顶是大朵大朵洁白又轻盈的云朵，好像伸手就能触碰到。而脚下则是一座座车水马龙的城市、鳞次栉比的高楼、拥挤熙攘的人群，熟悉又遥远。

“他、他们会看到我们吗？”姜南冥结结巴巴道。

“不会，有我的披风在，他们见不着。再说了，你白天能看到月亮？”

“把脚伸出来，跟着我。”江初在她耳边道。

姜南冥抖抖索索地迈开腿，跟着江初的步伐，两人竟然神奇地就这样在空中行走了起来。

“对，就这样。”耳边传来江初的声音，“别怕，我在你身后。”

江初的手缓缓从姜南冥的腰上放开，上移牵住她的手，一步一步领着她朝前走去。

那股若有似无的清淡气息再次不由分说地将姜南冥温柔地

包围其中，清冽冷淡却莫名有着安定人心的力量。

姜南冥的心跳渐渐平稳，呼吸也不再急促起来，她甚至能仰头感受迎面拂过的凉风是温凉惬意的。

“做得好，姜南冥。”江初在她耳边轻轻道。

姜南冥不由得勾起了嘴角，他们面前是一轮缓缓西沉的夕阳，金色的落日余晖穿透身旁簇拥着的万里云海，绯红、深粉、亮橘、明黄、深浅不一的万丈霞光美得让人移不开眼。

江初望着眼前的那轮落日，声音清冷平静：“身为神明，我听过太多赞咏我的诗词，从古至今人们好像都羡慕天上的一切，一直都在孜孜不倦地探索与求知着。可是真正最有价值最珍贵的东西，一直都藏在你们人世间。”

姜南冥低头望去，傍晚时分的城市人潮拥挤，街头巷尾里穿梭着的有接孩子放学的父母，挽手散步的恋人，骑车奔回家的学生，马路上到处走着人，可每一个人都走在自己的路上。

“神明和人不同，神明能永生长在却融不进世间烟火气，人虽蜉蝣一生却能体验五味百态。每个人从诞生伊始就被赋予了最寻常且最珍贵的东西，但有人过早地就拿它们去换一生庸碌，有人则会紧紧抓住小心呵护直到生命尽头。这世间唯有最坚持的人存在，黑夜中才有最亮的星闪烁。”

夕阳渐渐下沉，昏黄的余晖散尽，街角路边华灯初上，万家灯火陆陆续续亮起来，白昼即将消失，夜晚静候降临。

姜南冥耳边渐渐地涌入脚下嘈杂热闹的人语声。阵阵晚风明明轻柔得很，可姜南冥的眼前却不争气积聚起了层层雾气，她咬着唇紧紧握着那双牵着自己的手，江初的声音一如既往的清冷好听。

“宇宙漫长静谧，人间鲜活热闹。我希望在最热闹的人世间能听到你的声音，也希望星河长明的银河之上能看见你的光亮。”

江初轻轻叹了声，声音越来越远，可是却清晰无比地一字一句顺着耳蜗抵达心脏。

“姜南冥啊姜南冥。”

“我把最难得最珍贵的神明祈愿都用在你身上了，你可千万千万不要让我失望啊。”

原来江初的愿望才不是要姜南冥陪他在天上飞这一回，而是希望她以后的人生中，任何人间疾苦都落不到她头上，世间百病都阻不了她扶摇直上的万里前路。

——姜南冥，我要你平安康乐，我要你丢失的缺少的东西都回来，我要你的意识、你的身体、你的一切都能永远无所畏惧地陪你一同奔赴向前。

——不要小看神明的愿望，相信我。

08

姜南冥回去后，没有人相信她说的银河 67 号便利店，没有人相信她在银河里洗过星星，也没有人相信银河 689 号住着一位邋遢的神明大人。

可所有人一边担心着她，一边却为她身体奇迹般的好转而不可思议。

姜南冥像是做了一场梦，可是她知道是江初把他的愿望用在了自己身上，也是江初带她从宇宙飞往人间。

江初在银河上看着自己呢，可得争口气才是!

未来某天，一封奇怪的快递寄到了某航天技术研究院，收件人是姜南冥，女生打开后微微一愣。

那是一小段熠熠发亮的星光。

上面还有一句话：

——今天晚上记得抬头看看银河上面，里面有颗星是来自你的，我把它挂在了最高处。

快递上没有寄件人信息，可姜南冥知道这是来自住在银河689号的那位神明。

宇宙中最玉树临风人见人爱的神明。

End

人格测试

PERSONALITY TEST

异世界打工需要注意什么？

- A. 语言沟通能力（+5）
- B. 健康证（+3）
- C. 契约合同（+2）
- D. 还有这种好事（+1）

审判裁定：▸▸▸ 剥夺幻想能力，终身监禁。

[罪梦者]

罪行：曾用梦将自己改造成天使，招摇撞骗。

危险程度：▸▸▸B

ID：F-010

罪梦者 柠澈

希望风栖息在山谷，星光随着散步，困兽逃出牢笼。

01

这是我逃亡的第十天。

因为我身后的翅膀。

02

新历元年，帝国成立，民众对王室的推崇达到顶峰。

新历 42 年，“安”药剂推出，号称“无论穷富，都可以与王一样美丽”，推出当天万人空巷。

新历 156 年，“凡是帝国公民，有义务在成年之前注射‘安’药剂”被纳入法典。

我站在天台上，回忆着每一个人都记得牢牢的历史。

天空很美，一团又一团白云簇拥在一起，就像他们倍加推崇的翅膀一样，纯白而柔软，圣洁又美好。

天台下站着的每个人都拖着一对宽大的翅膀，所有人的翅膀都如出一辙，一样的形状一样的颜色，好像流水线生产出来的一样，即使用上最好的材料也只是道具罢了。

他们仰头看着我，也只能仰头看着我。

因为他们早已经飞不起来了。

站在最前面的校长气急败坏地盯着我，手里拿着扬声器，身后的翅膀愤怒地扬起来——他的翅膀比任何人的都要接近“标准”。

“这是你的最后一次机会，如果你再次拒绝注射药剂，那么我会立刻对你使用武力手段！”校长声嘶力竭地喊着，脸上不止有恼怒，还有恐惧。

他有什么好恐惧的呢？我漫不经心地想着。

违反了法律的是我，不愿意注射药剂让自己的翅膀变得更加标准的也是我，大闹了成年礼打翻了珍贵药剂的，还是我。

我看着下面的每一个人，但他们在我的眼里都模糊了，只有一双双一模一样的翅膀彰显着存在感——多像神话里的伊甸园啊。

天使挥舞着身后的羽翼，周身环绕着圣光，为仅剩的人类谋得福祉，使得人类拥有了飞上天空的能力。

我不知道曾经的神话是什么样的，但这些故事，是帝国成立以来每个孩子都必须记住的“历史”。

是天使救了我们，所以人类要对天使感恩戴德，要尽力地去向天使靠近，就像远古时夸父追逐太阳一样竭尽全力。

这样的故事，是真的吗？我开始怀疑。

如果是真的，那么为什么圣洁美丽的天使坐上了王位，成了这个国家的统治者？为什么我的翅膀生来就是纯黑色，形状却是最标准的“天使羽翼”？

为什么所有的人，都要在成年之前注射进“安”药剂，让自己的翅膀变成标准的模样？

又是谁规定的“标准”？

为什么神明赐下的飞翔能力，在注射药剂之后就会消失？

我想不明白，装满了整整三间屋子的书籍也不能给我答案，于是我试图反抗。

天台上面很舒服，我能看到很高很远的地方，和煦的微风替我梳理着翅膀，纯黑色的羽翼并不比白色的翅膀丑陋，更何况，它能带我翱翔。

校长的脸色愈发难看，扬声器里透出的声音也更加刺耳起来，我站在天台上，看着那些背负天使羽翼的人对我指指点点。

我知道他们在说什么。

在成年礼之前，我是最优秀的学生，无论是功课还是翅膀——多可笑，一个学生的优秀与否居然要看他的翅膀是否更加靠近标准。

哪怕我的翅膀是纯黑色的，但我的翅膀形状却比他们的要更标准。

这样的翅膀在注射药剂之后，会比他们的翅膀更接近“天使”。

他们对着我微笑，身后的翅膀却像一只虫子一样丑陋地蜷曲着。

此时，我站在天台上，他们仰着头，对着我指指点点，身后的翅膀宛如公鸡一样扬起来。

我大笑，从天台上一跃而下。风在我耳边呼啸，身后那对被他们视为罪恶的黑色羽翼带着我飞向天空，把那些尖叫指责与惊呼远远地抛到身后。

我飞向了自由。

03

自由的代价果然沉重，我失去了我的身份，失去了起码有十万余额的卡，失去了栖身之处和实际上远不止三间屋子的违禁书籍——在这个国家，每个人只能获得被允许购买和阅读的书籍，我那些书明显不在安全清单上。

但我获得了自由。

哪怕我颠沛流离，被人追捕，只能靠伪装和好心人的施舍才能勉强生存，但我并不后悔。

04

在我逃亡的第十天，我到达了中心城。

中心城是整个国家的中心，王族和政府高层全都生活在这里，只有翅膀无限趋近完美的人才能在这里生活，“无限趋近完美”也就是说翅膀不能有一丝灰暗的地方，每一根羽毛都要闪闪发亮纯洁无瑕，形状与标准之间的差距不能超过五厘米。

我当然不符合标准。

所以，我是偷偷溜进来的。

我的翅膀太显眼了，哪怕用颜料细细伪装过一遍也难以逃过那些机器的检测，更何况我并不想伪装。

于是我在黑夜的掩护下，从低矮的民居、高耸的钟楼上擦过，宛如一只毫不起眼的乌鸦，落入了这座城市最不起眼的小巷。

我来追寻一个答案，我相信这座城市不会吝啬于一个回答。当然，哪怕它并不愿意回答我，我也会自己找出来。

巷子里很暗，也很安静。这是理所当然的，飞在空中时我已经看好了环境，我并不打算一落地就来一个监狱之旅，那对我并没有好处。

胸前挂着的书包里隐隐约约散发出面包的香味，我忍不住咽了口口水，但我现在并不能吃掉它，食物对现在的我来说，已经变成了奢侈品。

面包是一个好心的老夫人给我的，她并没有见到铺天盖地的通缉令，每一张上面都印着我的脸。她背后的翅膀也并不闪亮，但我觉得它比那些仿佛擦了鞋油一样的翅膀要好看得多。

她以为我是因为贫穷所以没办法注射药剂的“阿格里”，对我的遭遇表示十分心疼，但她除了送给我一些食物和水以外，无能为力。

我抱紧了胸前的书包，慢慢地在巷子里游荡。

这样又窄又乱的巷子就是“阿格里”生活的地方，那些“天使”们并不会走进这样的巷子，因为会弄脏他们的翅膀。

我并不知道这个最豪华也最严苛的城市里有没有“阿格里”，但我希望这个巷子里没有，身为外来者，我很难去跟这里的本地居民对抗。

显然我运气还不错，这个巷子里并没有被别人占据，今晚我大概终于可以睡个好觉了。

这样想着的时候，我并没有意料到接下来会有什么样出乎意料的发展。

我只知道那些追捕我的人并没有很用心，他们把所有的依仗都放在了检测系统上，但显然检测系统的智能水平跟人类还是有一定的区别，所以才让我幸运地躲藏了这么久。

但从明天开始，我将会失去这份幸运。我需要食物和水，这个小巷子里当然不会有这些东西。

我慢慢在这条巷子里游走，幻想自己是一个巡视领土的国王，脚下的每一寸土地都曾浸染过我的荣光，借此来忽略不停抗议的喉咙和胃。

这并不是什么值得开心的事，但我确实很快乐，哪怕我现在饥肠辘辘，筋疲力尽。

这个巷子并不长，很快我就走到了尽头。看来我的好运气并没有用完，不知道哪位好心人在这里留下了一团乱糟糟的被褥。不管多么脏乱，有一床被褥总归比睡在冷冰冰的地上好。

我谢过了那位不知名的好心人，蜷缩在那团被褥之中，沉沉睡了过去。

05

我睡得并不安稳，梦里一直有一场熊熊燃烧的大火，那股灼热的气息几乎要把我的皮肤烤干，可我并没有经历过火灾。

我不敢再睡，定了定神之后翻身坐起，从书包里抽出水瓶浅浅地抿了一口。在我回过头的一瞬间，我好像看到了真正的天使。

一对宽大却柔和的纯白色翅膀就这么摆在我的面前，每一根羽毛都闪闪发光，显示着它的圣洁高贵。这双羽翼牢牢地保护着它的主人，像是一个纯白无瑕的茧。

我心中一惊，却并不害怕。

他显然是后来者，却并没有对我做什么，也没有引来那些追兵，甚至宁可自己靠在冷硬的墙面上休憩也没有抢夺我的东西，看来应该对我没有恶意，也并不打算用我去换一笔赏金。

这样的人一看就知道是王族，虽然并不知道他为什么会沦落到这种地方，但我并不关心，也并不想跟他有什么牵扯。被一个王族发现的代价，我付不起。

为了不惊动他，我小心翼翼地踮起脚，试图从他的身边绕过去。他睡得很熟，只要小心一点，应该不会被发现。

我设想得很美好，执行也毫无差错，但巷子实在是太窄了，勉强只够两人并排而行，他那双宽大的翅膀就占据了几乎全部的空间。

在发现哪怕我侧着身子也没办法通过之后，我立马选择了放弃这个方案，路被堵着的时候并不一定只能走过去，毕竟我还能飞。

我不敢飞得太高，天已经微微亮了，很容易暴露。

毕竟没有注射药剂的人是禁止飞行的，可注射药剂之后就再也飞不起来了，多可笑。

这样的场景在别人看来也许有些滑稽，一个长着长达两米羽翼的人只能小心翼翼地轻轻扇动翅膀，甚至还在害怕翅膀带起的风把下面那个被翅膀包得严严实实的人惊醒，但身为那个小心翼翼的人，我只觉得胆战心惊。

巷子实在是太窄了，而且两边的建筑并不高，在逃亡时派上了很多用场的羽翼现在却显得有些累赘，我尽可能地谨慎，但还是不能确定我的翅膀有没有碰到什么不该碰的地方。

幸亏我不需要飞出去很远，只要能够越过这个人就可以了，因此我虽然谨慎，但并不紧张。

直到我低头对上了一双黄金般的眼睛。

因为我并不想把那人惊醒，所以只能慢慢地移动，却没想到仍旧惊醒了他。

“……我只是想过去。”我停留在他的上空，身后的翅膀下意识地张开，对于危险的戒备是所有人的本能，我也不能例外。

他的长相毫无疑问的精致，比我看到那对翅膀时想象出来的要更加完美。但在他睁开眼睛之后，他脸上完美无瑕的五官全都成了陪衬。

他的眼里燃烧着火。

他仰头看向我，哪怕坐在满是灰尘的脏乱小巷里，也像是坐在金碧辉煌的皇宫之中。他抬头的瞬间，瞳孔里的火焰也随着跳动。

“落羽？”他像是在喃喃自语，但我知道不是。

在我反应过来的时候，我已经落在了地面上。

落羽是我的名字，是除了长久不归家的父母之外，无人知晓的名字。

我被通缉的名字并不是这个。

“你果然是落羽。”他脸上的表情太过复杂，似哭非哭，似笑非笑，甚至整张脸都有些扭曲。

但他反应很快，不过一瞬间就收敛起了那些复杂的情绪，挂上了如同面具一般温和的微笑：“我叫斐尔，很高兴认识你。”

我没有接话，只是目不转睛地盯着他，我猜他会主动给我一个解释。

斐尔仍旧坐在地上，他看向我笑着开口道：“你难道想一直这么站着吗？落羽。”最后两个字他刻意加重了语气。

我并不知道他是什么意思，但我想知道他身上关于我的秘密，于是我跟着坐下了。等到坐好之后，看着他稍微融化了一丁点的神色，我忍不住猜测——他不会是因为我站着他需要仰头才这么做的吧?

不管是因为什么，总归只是一件小事罢了，我尽力坐得规矩一些，摆出了一副洗耳恭听的架势。

“你应该看出来了吧，我是王族。”斐尔用一副轻描淡写的语气开口叙述，“然后，我从那个金笼里逃出来了，如你所见。”

“我成了一个叛逃者。”他还在笑，眼睛里的火焰像是要燃尽一切。

我没有什么反应，要论离经叛道，我和他只能说是不相上下。更何况我对一个男人的过往并不感兴趣，我只想知道他为什么知道我的名字。

但是他显然并不会看气氛，说完这些之后就停了下来，完全没有主动开口的自觉。

“你还没说你为什么知道我的名字。”我忍不住开口质问。

斐尔的翅膀颤了颤，有些惊奇地回道：“我还以为你不会主动问我。”

我忍了又忍，终于没忍住翻了个白眼，朝天的那种。

他又笑了起来，好像心情很好的样子，但我看着他瞳孔里的火焰，选择了沉默。

“我知道的并不多，只是在实验室的时候不小心看到的。”他笑够之后终于大发慈悲开口了，“我也并不知道你就是落羽，只是想试探一下，毕竟你的翅膀并不多见。”

“所以你只知道我的名字和我的翅膀模样？”我敏锐地找出了他话里流露出的信息。

“果然啊……”斐尔意味不明地感叹了一句，这才回答了我的问题，“对，在实验室里只有你的翅膀信息和你的名字。”

为什么我的信息会出现在实验室里？这个莫名出现的斐尔到底是什么人，又为什么会恰好出现在这里？我忍不住皱起眉头，只觉得脑子里一团乱麻。

斐尔扬起头，脸庞在初升朝阳的辉映下仿佛在发光，羽翼上的每一根羽毛都像是加持了神的荣光。他仍然坐在地上，却像是飞翔在天空。他看着我，眼睛里不知道是反射的阳光还是火光。

“所以，难道你就不想一起去找出答案？”

他这样问我，我只能沉默。

我看不透他的眼神，正如我看不透他这个人。

06

我当然还是同意了他的提议，不得不说这个提议太对我的胃口了。我本就是为了追寻答案而来，又怎么会在答案揭晓之前踌躇不前？

我不知道所谓的实验室跟我的关系，但我的直觉告诉我那一定很重要，决不能错过。

更何况，他叫出了我的名字是事实，我无处可去也是事实。

既然选择了同一条路，那么我对他的戒备自然散去了一些，具体表现在我的坐姿没有那么僵硬，翅膀也并不是一直处在蓄力状态了。

“要怎么找？”我放松了坐姿，歪过头去看他。

他并不看我，只是眯起眼睛望着天空，仿佛喃喃自语般开口：“快到时间了。”

“什么时间？”我满头雾水，不知道是不是应该附和。

“嘘——”他用食指抵住嘴唇，示意我不要出声。我莫名其妙地闭上了嘴，眼睛跟着他的目光向上看去。

——除了小巷上面窄窄的一条天空外，什么也没看到。

他并没有解释的意思，但我很难忍受这样漫无目的的等待，忍不住想要开口询问。他的过分神秘让我这个新上任的合作者感到不安。

但还没等我开口，一声巨响突然炸开，宛如恶龙咆哮，周围的灰尘被震得“扑簌簌”落了我满头满身，整个翅膀都像是重了四五斤。我被呛得连声咳嗽，耳朵像是被那一声巨响震聋了一样，不停地嗡嗡作响。我看到斐尔的嘴唇在动，但我根本听不到他的声音。

“你……咳咳咳，你——说——什——么——！”我扯着喉咙大喊，但我连自己的声音都听不到，更不要说是斐尔了。

我看到他终于放弃了那个虚假的微笑面具，眉头皱得紧紧的，像是终于丧失了耐心，一把抓住我的手腕将我拖了出去。

“你疯了吗？”我大惊失色，外面一定全是拖着白色翅膀的“天使”，我的出现就如同白纸上面的墨渍一样突兀，说不定就有哪个人把我带走，换取一笔巨额的赏金。

他也许是意识到了不解释清楚我绝对不会配合，纡尊降贵似的凑到我耳边喊道：“我有安排！外面有车！”

我勉强相信了他的解释，但还是保持着警惕。我挣脱了他的手，紧紧跟在他身后，防备着任何可能出现的危险。

虽然这样，我还是并不怀疑他打算利用我去换赏金，如果他有这种打算的话，早在我睡着的时候就可以下手了，用不着如此复杂。

而且……如果我没猜错的话，这声巨响应该也跟他有关系，只是不知道他到底有什么安排？

这条巷子真的不长，我不停思考着，连一个问题都没想通就到了巷子口。他没骗我，巷子口果然停着一辆车，他拉着我干脆利落地坐了上去，手里随意操作了几下，然后这辆车就飞了起来。

飞了起来？我不由得揉了揉自己的眼睛，确定我没有看错。

我当然见过汽车，可我曾经见过的汽车只有可以在路上跑的四个轮胎，并没有可以让汽车飞起来的悬浮系统。

不过转念一想我就明白了过来，这大概又是王族属于天空的特权。

真好啊，我由衷地感叹。我反抗了成人礼，反抗了注射药剂，奔上了逃亡，不就是为了这么一点自由吗？

可这样的自由是王族生来就有的，怎么让我不羡慕。

斐尔并没有在意我这点小心思，手下操作不断，终于愿意给我解释几句到底发生了什么了。

“我引爆了埋在皇宫的炸弹，现在半个中心城应该都被炸毁了。”他的语气十分平淡，让我恍惚间以为他说的不是什么炸半个中心城的事，反而更像是在说“我今天钓上了一条大鱼”这么的简单。

他的语速很快，却并不激动，应该只是为了赶时间。我竖起耳朵听着，生怕漏掉一个字。

“听着，现在是早上六点，整个中心城的守卫力量应该都去了皇宫，我们有三个小时的时间去找那个答案。实验室是没有人的，我的权限卡还没有失效，一会儿我们刷卡进去。实验室左边最后一间屋子是档案室，你可以尽情地在里面寻找你的问题答案，我有更重要的事去做。”

我牢牢记下这些话，追问道："什么事？"

"……"斐尔居然沉默了一瞬间，我看着他垂下的眼睑，觉得有些不好意思。

如果没有斐尔，我恐怕还在小巷子里忍饥挨饿，只知道傻乎乎地追求自由，却连个目标都没有。现在我却这样戳他的伤疤……

我正在自责，斐尔的声音却又重新响了起来："我的母亲……我的母亲在十二年前的一次出差之后，就再也没有消息了。"

"你怀疑你的母亲跟这个实验室有关系吗？"我低声问道。

斐尔没有说话。

07

实验室很快就到了，果然空无一人。我忍不住心中的疑惑，问道："就算守卫力量都去了皇宫，为什么实验室里会这么空荡？"

斐尔看了我一眼，我几乎要被他的眼神灼伤。

"因为他们不敢让别人知道。"

这么简单的一句话，我却不敢深想。

时间很紧迫，没有留给我们思考的机会了，我拿着斐尔递给我的权限卡，径直走向左边的档案室，哪怕一路上路过了很多奇怪的屋子，我也保持了目不斜视。

我不知道斐尔去哪了，也没必要知道，我们有不同的问题，自然要走向不一样的答案。

档案室很大，在我浅薄的见识里大概只有学校可以来一比高下，但它比我们学校要大得多，这点毫无疑问。

如果在平时看到这么大的档案室和堆得满满的资料，我也许会惊叹不已，但放在此时我却恨不得这里的资料越少越好，最好只有我要找的部分。

幸好这里东西虽然多，但摆放很整齐，并不用我在各个乱七八糟的书堆里像个啄食的鸟儿一样翻找。

我很快观察出了规律，这里摆放着不计其数的书架，每一个架子都是按照年份排列的，每一个竖列应该是同一个实验的样品观察。

这么大的一座档案室，又该有多少实验品？

我不愿意深思下去，很快找到了我的那份档案。档案很薄，跟那些动辄两三本的档案截然相反。

档案打开的瞬间，我不知道自己是什么心情，只是深深吸了一口气，灌入了满腔混杂着灰尘和纸张气味的空气。

代号：落羽

实验代号：思考

实验内容：基因融合产生人造王族的可能性

实验目的：使用基因融合将未发育儿童的基因加以改造，使其羽翼发育为标准羽翼，增加独立思考能力，与“安”药剂注射者智力产生明显区分，对王族绝对忠诚。

实验结果：失败。实验品羽翼颜色进化失败，形状标准，颜色为纯黑色，原因不明。拥有过剩好奇心，同时充满反抗欲，建议销毁。

实验品下落：研究员 06、研究员 15 携带潜逃，下落不明。

后面还有详细的实验记录，包括“落羽”在试验期间会遭受什么样的痛苦——怪不得我会梦到大火，因为在十岁之前，我每天都在遭遇大火。

那些注射进我体内的药剂会让我的皮肤一寸寸裂开，就像被烤干的面点一样，在别人的眼里也是美味——不同的是面点可以吃，而我只被看着就能给人带来愉悦。

我原本的羽翼很小，并不是现在我背上这一对又宽又大的翅膀，可我觉得它们一样很可爱。但这对小小的可爱的翅膀，被那些药剂灼烧掉羽毛，敲碎骨架，肆意描绘上自己想要的图案。

我强忍着不适一个字一个字地看完，我不能让“落羽”遭受的痛苦白白遭受，尽管我已经不记得那时候的事了。

携带“落羽”潜逃的研究员 06、研究员 15 就是我的父母，虽然我在生活中除了余额不断增加的银行卡之外从来没有感受过他们的存在，但我仍然很感谢他们。

哪怕我知道他们一定也有别的目的。

我并不知道他们在哪，又在做什么，我和他们的联系只有不断变更的银行卡号汇过来的数字，但这已经足够了。

他们没让我被“销毁”，也没有让我一个人孤零零冻死饿死在随便什么地方，给了我衣食无忧的生活和整整三间屋子的书籍，我想这就够了。

但这并不代表我不想知道这背后到底有什么秘密，实际上我疯了似的想着，我想知道的答案就在门后面，钥匙就藏在这片档案之中。

我耐心地一把把搜集着钥匙，终于解开了那个谜团。

08

新历元年，帝国建立，所有的统治阶层都是王族，是因为他们从新历元年之前的几百年就开始策划，他们研究出来一种药剂，是“安”药剂的前身，他们利用这种药剂在长达几百年里不断给民众洗脑，最终在政治活动中大获全胜，获得了至高无上的权力。

这种药剂的名字，所有人都以为是来自“安吉拉”，也就是“天使”。但他们的恶意比我猜到的还要多，因为这个名字，是来源于“安分”。

他们希望所有人都能够如同牲畜一般不知反抗，逆来顺受，为他们骄淫奢侈的生活不断奉献，于是他们不断改良药剂，同时配合宣传，让所有人为了“美丽”不择手段。

他们很聪明，也很狡猾。他们并没有直接推出药剂，而是不断地给追捧“天使”羽翼的热潮添砖加瓦，甚至利用许多有公知力的人宣传所谓的“标准”，直到整个社会对羽翼的追求开始畸形。

民众开始狂热地把所谓的“标准”当作美丽的标准，对羽翼越标准的人越是礼遇有加，与标准差距越远的就加以唾弃，当然民众不会大加责骂，只是会把那些人当作什么脏东西一样躲避，在背后议论纷纷。

很多人因为承受不了这种压力——或者是想被人追捧，选择了换羽。

所谓换羽，就是专门定制一对羽翼，然后将自己原本的羽翼换成人工制造的羽翼。人工制造的羽翼当然是不会飞的，可是那又如何呢？

换羽的成功率并不高，每一个选择手术的人都要签下生死协议，而且还有各种后遗症，按理来说并不会有多少人选择这种方式，但人们还是趋之若鹜，这当中当然少不了王族的推波助澜。

药剂越来越成熟，能够让人的羽翼逐渐像“标准”靠拢，但同时也会破坏人们的大脑，让人们变得更加冲动易怒，思考能力大幅度下降，无论王族说什么都会信，已经完全丧失了自己的判断能力和辨别能力。

新历 42 年，“安”药剂正式推出，倍受换羽折磨的民众对王族和政府感恩戴德，认为是王族拯救了他们。

新历 156 年,“凡是公民,有义务在成年之前注射‘安’药剂”被纳入法典，但“安”药剂并不是政府免费供给，而是需要花钱购买。

经过一百多年的淘汰，不愿意接受换羽或者注射药剂的人被驱逐到了最底层，他们已经没有 能力再去购买药剂了，于是他们只能做“阿格里”，蜷缩在每个城市的脏乱小巷子里，死得无声无息。

王族只是想驯养听话的牲畜罢了。

他们关于“落羽”的实验，是为了创造出足够聪明且更加忠诚、不会反抗的牲畜。

幸亏他们失败了。

我捏着手里的资料，眼睛一阵灼热。

这些苍白的文字数据底下，到底掩藏着多少不愿意做牲畜的，人的血肉？

我不敢想，却又不敢不想。

如果我不去想，还会有谁知道，还会有谁铭记？

外面传来了脚步声。

09

斐尔回来了，他的脸色很难看，我想我的也不会比他好到哪去。

“你打算怎么做？”我开口问他，这才发现我的嗓子已经哑了。

“……”斐尔眼睛里的火焰好像黯淡了下去，“我……我不知道。”

“我的母亲，她很美丽，也很温柔，她有一双很美丽的翅膀。”他低低地叙述着，并不为想让人听到。

“十二年前，我的母亲说要出差，然后……然后她再也没有回来。”

他抬头，好像仍旧是那个被母亲抛下的小男孩。

“我并不缺任何东西，那些人并不会苛待我，可我没有妈妈了。我哭闹过很久，但没有人理我，他们只是负责不让我死掉就好了。”

“后来……后来我加入了实验室，我妈妈曾经也是个研究员。我以为我能找到她，但我宁可我没有。”

我静静地听着，没有说一句话。

“这些实验让我恶心。”他的声音很轻，有些缥缈，“我不愿意相信我的母亲在做这些事，于是我不停地跟着他们做实验，终于得到了查阅资料的权限。”

“于是我看到了她，她的翅膀很美，比我的翅膀要小一点，但是更亮。这样的翅膀，哪怕做成标本……也很美。”

他说不下去了，但我隐约猜出来了些什么。

我恳求他：“别说了。”

我看到了他的痛苦，我不能对此视而不见。

我也看到了更多人不自知的痛苦，于是我选择了冒险。

“不知道做什么的话，一起把这些事曝光吧。”我看着他的眼睛，觉得斐尔眼睛里的火焰转移到了我的眼睛里，“我记得新闻直播是每个人都必须看的，是不是？”

斐尔的眼睛亮了起来，那团火焰又燃烧在了他的眼睛里。

10

我们拿走了那些资料，同时拍摄了更多的资料当作证据，我们很小心地收拾好翻过的地方，起码不要一眼就能看出来。

我们并没有打算瞒多久，只要等到今晚，一切都会尘埃落定。

事到如今我和斐尔反而放松了下来，斐尔的叛逃还没有被发现，但也只能伪装这一天——一天也就够了。

我们坐在他的车里，在中心城上空低低地盘旋，分享了可能是我们的最后一顿午餐。

面包有些硬了，但这并没有什么妨碍。

斐尔咽下一口水，问我："你怕死吗？"

我只觉得好笑，我打翻了所有药剂从天台上一跃而下，我偷偷翻进中心城窝在小巷子里，我怎么会怕死？

"……怕。"响起的声音是我的吗？"谁会不怕死呢？如果可以，我当然想活下去。"

"你现在跑出去，找一个没有人的地方，你可以给自己建一座小房子，春天赏花夏天观雨，秋天丰收冬天享受白茫茫的雪地，而不用担心自己是不是会死。"斐尔的声音很轻，带着蛊惑。

"可我想做一个人，哪怕是死去的人，而不是活着的牲畜。"我看着他的眼睛，感觉到了火焰的跳动。

他又笑了起来，有些莫名的悲哀。

11

时间到了。

我们准备得很充分，药剂的存在让那些眼高于顶的王族忘记了什么叫谨慎，什么叫防范。他们似乎坚信群体中绝不可能出现叛徒，却忘了人类从来都是最难懂的生物。

于是凭借斐尔那张没有失效的权限卡，我们轻而易举地进入了全国所有人都要看的直播间，并且把镜头转移给了我们手里拿着的摄影机。

“大家好啊！今天是特别报道，大家期待不期待！”我等待这一刻已经很久了，声音都有些发抖。

不是因为恐惧，而是因为兴奋。

我觉得身体里有一束火焰在燃烧，斐尔也是，我知道。

我看不到那些人的反应，我也并不关心，摄像机里拍摄出来的证据哪怕他们的思考能力再弱也应该看得懂。

被肢解的“阿格里”，注射药剂后变异成怪物的实验品，一排排的羽翼标本，那些王族高高在上的对话，如同雪花般洒落下来的资料。

我站在钟楼的顶端，被视为罪孽的纯黑色羽翼高高扬起，每一根羽毛都崩到了极限，斐尔在我身后飞起，宛如天使般的羽翼与我交织在一起，像是传说中那颗光耀晨星坠落地狱的场景。

风在我耳边呼啸，我对着镜头放声狂笑，从钟楼上高高跃起。

我没有展开翅膀。

12

每晚惯常的直播，在新历 962 年的“落羽”事件中成了催命符。

“落羽”既是那位英雄的本名，也是人们对那位英雄纵身一跃后的尊重和惋惜。

愤怒的民众推翻了王族的统治，却没有办法再度延续下去。

——已经被破坏的基因，又该怎么延续呢？

在群龙无首两年之后，一部分人首先振作起来，带领着不知所措的众人重建家园，同时积极研发逆转基因破坏的药物，一切都好像步入了正轨。

第五年，有两名研究员研究出了逆转药剂，同时被民众发现这两名研究员正是“落羽”的养父母。

一切都好了起来。

在人迹罕至的深山里，不知道什么时候建起了一座小木屋，住在这里的两个人拥有着极为相似的羽翼，除了颜色截然相反，一个宛如天空上挨挨挤挤般的白云，一个好像地狱最深沉的火焰。

End

人格测试

PERSONALITY TEST

如果你有一双翅膀，你会做什么？

- A. 飞！（+5）
- B. 扇一扇看有没有风（+3）
- C. 藏起来……（+2）
- D. 去医院（+1）

扫码得测试结果

NO FLY

NO FLY

此处禁止飞行

禁止飞行

测试是在一个四四方方的小格子一样的房间里进行的，房间里蓝色的灯光冷冷的，让你有种进了冰窖的感觉。

你认真地审阅了每一起案例，小心答题，在回答了最后一道后，你如释重负。

正当你要伸懒腰的时候，手腕上的【禁】忽然闪起了红光，四周还响起了嘀嘀声，这是怎么回事?

你意识到不对劲，还没来得及反应时，手腕处突然一麻，世界变黑了，你晕了过去。

他们说你是越界者，不可能!

你明明是在进行审判者考核，怎么会摇身一变成了越界者被关了起来，这太荒谬了。

你情绪激动地拍打着铁门，像一头暴怒的困兽。

【禁】还闪烁着红光，一如困兽猩红的眼睛。

然而不管你怎样挣扎，都无济于事。

你还是累了，颓丧地坐在冰冷的墙角。忽然，你听到一道细微的声音，似乎是从隔壁传过来的。

那声音在说——

想逃出去吗?

DO NOT ENTER

NO FLY

WARNING

NO FLY

此处禁止飞行

禁止飞行

你是谁?

和你一样，越界者。

我不是越界者!

是吗？这样看来，你还有机会。

什么意思?

人格测试不过是幌子，真正的审判，是你手腕上的那玩意儿，不管你怎么答，你的脑电波都在监测之下，懂吗？真正的考核远没有结束。

考核还在继续?

等待你的，要么是成为真正的审判者，要么是永恒的囚徒。

为什么告诉我这些?

呵呵，我在邀请你加入啊，我们越界者的世界。

DO NOT ENTER

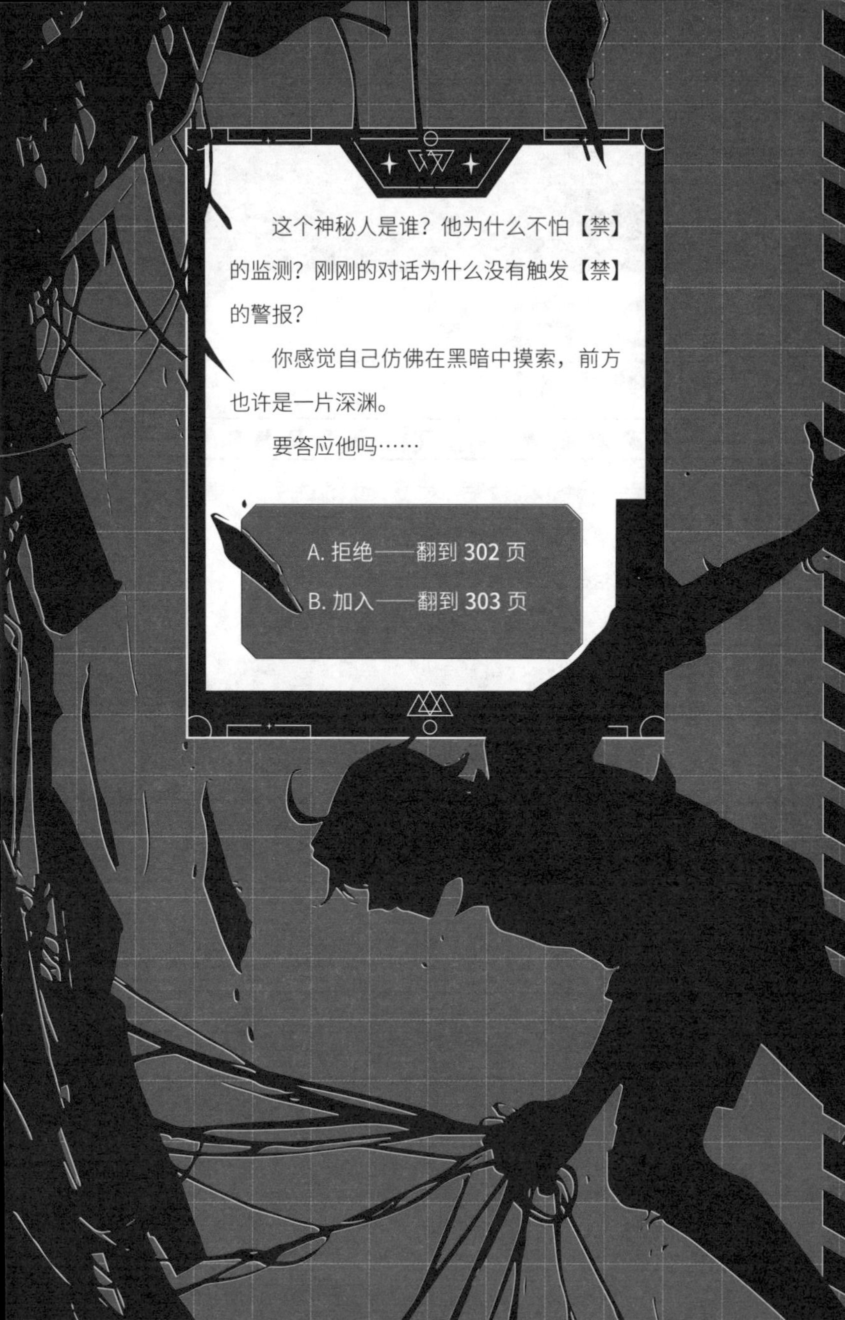

这个神秘人是谁？他为什么不怕【禁】的监测？刚刚的对话为什么没有触发【禁】的警报？

你感觉自己仿佛在黑暗中摸索，前方也许是一片深渊。

要答应他吗……

A. 拒绝——翻到 302 页
B. 加入——翻到 303 页

NO FLY

此处禁止飞行

禁止飞行

你拒绝了神秘人，之后，对方再也没说过话，好像从来都没出现过一般。你在禁室里关了许久，久到完全分不清时间过去了三天、七天，还是更久。

忽然有一天，门开了，你被告知通过了审核。你被赋予了第一个权利——豁免当初测试里的十宗罪案中某一人的罪。

你要谨慎选择，因为这似乎影响着你成为审判者之后要归入的小队。

你斟酌了许久，决定被免罪的是：________。

（填上你最喜欢的罪梦案例，为其豁免罪责。）

NO FLY

此处禁止飞行

禁止飞行

你答应了神秘人，接下来不可思议的事情发生了，你被他从禁室里救了出去，你甚至连一切是如何发生的都没搞清楚。

神秘人说："欢迎加入越界者的大家庭，你会见识到新的世界的。"

就算他不说，你也明白你的世界已经发生了改变——

你被通缉了！

禁梦时代，禁梦都市就是秩序，你站在了禁梦都市的对立面，今后将何去何从……

——To be continued

图书在版编目(CIP)数据

此处禁止飞行/禁梦监察队主编.—武汉:长江出版社,
2020.9
ISBN 978-7-5492-7210-5
Ⅰ.①此… Ⅱ.①禁… Ⅲ.①故事–作品集–中国–当代Ⅳ.
①I247.81
中国版本图书馆CIP数据核字(2020)第183086号

此处禁止飞行 /禁梦监察队 主编

出　　版　长江出版社
（武汉市解放大道1863号　邮政编码：430010）
选题策划　漫娱　於　婷
市场发行　长江出版社发行部
网　　址　http://www.cjpress.com.cn
责任编辑　李　恒
特约编辑　许斐然
总 编 辑　熊　嵩
执行总编　罗晓琴
装帧设计　吴　琪
封面绘图　豪雨诚侍心
插画绘图　MEI 米口才子
印　　刷　上海盛通时代印刷有限公司
版　　次　2020年9月第1版
印　　次　2020年10月第1次印刷
开　　本　880mm × 1230mm 1/32
印　　张　9.5
字　　数　189千字
书　　号　ISBN 978-7-5492-7210-5
定　　价　30.00元

电话:027-82926557(总编室)　027-82926806(市场营销部)